COBALT-SERIES

風の王国

毛利志生子

集英社

目次

風の王国

リジム
吐蕃の家臣。20歳。翠蘭が嫁ぐことに反対する勢力と何らかの関係を持っている……？謎の男。
尉遅慧《うつちけい》
唐の武人。20歳。翠蘭とは幼い頃、武術の鍛練をともに励んだ仲。戦地を転々と渡った末、翠蘭の護衛官に。
崔芙蓉《さいふよう》
吐谷渾で翠蘭の世話をする侍女。唐の出身だが翠蘭に冷たく……。
サンボータ
吐蕃の大臣。35歳。翠蘭の素性を調べるよう密命を受けている。

劉朱瓔《りゅうしゅえい》

翠蘭の侍女。３年前、酒楼で占い師をしていたところを翠蘭に拾われる。翠蘭が心を許す大事な女友達。

李翠蘭《りすいらん》

唐の皇帝・李世民の姪という血筋を隠して商家で育つ。馬に跨り、弓や剣の腕前も一流の〝凛々しい〟16歳。恋は苦手。

登場人物紹介

イラスト／増田　恵

風の王国

序章

どこかで小鳥が鳴いている。

その声を、翠蘭《すいらん》は石造りの床にひざまずいて聞いた。

広大にして豪奢《ごうしゃ》な庭園で鳴いているのか。それとも、誰かの鳥籠《とりかご》の中からか。翠蘭が考えた時、窓から差し込む初夏の光に照らされて、艶《つや》やかな床に窓辺を横切る小鳥の影が映った。

翠蘭は、思わず視線を上げて——

次の瞬間、しまったと思った。

視線の先にいたのは小鳥ではなく、龍の縫《ぬ》い取りをした黄色い袍《ほう》に身を包んだ皇帝、李《り》世民《せいみん》だったのだ。

「ご無礼を…」

咄嗟《とっさ》に謝罪の言葉を口走った翠蘭だが、すぐにそれも不敬《ふけい》だと気付く。

この部屋に入って椅子《いす》にかけてから、世民はまだ一言も発していない。政治に携《たずさ》わる重臣や武官ならともかく、翠蘭は世民が声をかけるまで、ひたすらに口を閉ざして待ち続けるべきだったのだ。

しかし、世民にしても小娘の不作法《ぶさほう》に目くじらを立てる気はないのだろう。さほど間をおかずに声をかけてきた。

「かまわぬ。そのまま立って、朕《ちん》のそばまで参れ」

「仰《おお》せに従います」

翠蘭はうやうやしく応《こた》え、無駄《むだ》のない動きで立ち上がった。しかし、足を踏み出す直前に、なれない裙《スカート》の裾《すそ》を踏み、無様《ぶざま》にも前方につんのめる。

近ごろ流行の裙は裾が長すぎるのだ。

それでも、翠蘭はあくまで平静を装《よそお》い、しずしずと世民の近くまで足を運んだ。

近くといっても、手が届くほど近付くのは不敬だ。翠蘭は、なお数歩分の距離を残す地点で足を止め、ふたたびひざまずこうとした。

「よい、ひざまずくな。そなたの姿が見たいのだ」

言うより早く世民は不躾《ぶしつけ》に視線を上下させ、翠蘭の全身を睨《ね》め回した。

これが他の男の行いならば、二呼吸と待たぬ間に翠蘭は相手を殴《なぐ》り付け、部屋から退出しただろう。けれど、相手は大唐《だいとう》帝国の皇帝だ。しかも、身分に隔《へだ》たりがあるとはいえ、翠蘭には血のつながりを持った叔父《おじ》だった。

翠蘭の父・李淑鵬《りしゅくほう》は、世民と同じく唐の初代皇帝・李淵《りえん》を父に持つ。二つ年長だから生まれ年だけ比べれば兄に当たる。しかし、淑鵬は身分の低い側妾《そくしょう》の子供で、正妃《せいひ》の腹から生まれた世民とは立場が違った。

たとえ父親が高貴な血筋でも、生まれてくる子供の身分は母親に左右されるのだ。

その点、淑鵬は疑いもなく庶民《しょみん》だったが、世民は帝位につく以前から淑鵬を近くに置きたがり、帝位についた後は中書侍郎《ちゅうしょじろう》の役職を与えて優遇《ゆうぐう》した。

とはいえ、翠蘭の立場は一官人の子女に過ぎない。まして普段は商人である祖父母の屋敷で暮らしているのだ。皇城《こうじょう》に出入りする機会などなかったし、皇帝の私的空間である宮城《きゅうじょう》に入ったのも今日が初めてだった。

——なぜ、宮城になど呼ばれたんだろう？

翠蘭は不思議に思いながら世民を真似《まね》た。

皇帝の体格から容姿まで、余すところなく眺め回したのだ。

歴戦の武将。兄たる皇太子を殺した帝位の簒奪者《さんだつしゃ》。そして、不世出《ふせいしゅつ》の為政者《いせいしゃ》。

さまざまに噂《うわさ》される皇帝は、翠蘭の想像よりも恰幅《かっぷく》がよく、どちらかといえば太《ふと》り肉《じし》だった。だが、たるんだ印象は微塵《みじん》もなく、むしろ皮膚《ひふ》の内側に漲《みなぎ》った力の存在を思わせる。

その力は、彼の両眼からも溢《あふ》れ出していた。

「朕《ちん》の顔はおもしろいか？」

ふいに世民が揶揄《やゆ》を含んだ声で問う。

翠蘭ははっとしたが、とくに慌《あわ》てることもなく答えた。

「少なくとも、わたしの顔よりはおもしろいと存じます」

はっきりとした翠蘭の答えに、肘《ひじ》掛《か》けに頬杖《ほおづえ》をついた世民は相好《そうごう》を崩《くず》した。

「いや、そなたの方がおもしろいぞ。胡服《こふく》を身に着けて馬に乗り、勇ましく弓を扱うかと思えば、華《はな》やかな女物の衣装《いしょう》もよく似合う」

「恐れ入ります」

「噂には聞いていたのだがな」

すうっ、と世民の笑いが目の奥に消えて、皇帝は観察者の顔になる。

「わが姪《めい》は剣にも弓にも優れ、並の兵士では相手にもならぬ、と。昨今《さっこん》は男の格好を真似る女も多いが、実際に同じことをする者はいない」

翠蘭は、責められているのか、と考える。けれど、世民の顔に怒りの色はない。

「父の淑鵬は、さぞかしそなたを誇っておろう」

「それは…」

「何か、答えに困るような事情があるのか？」

「わたしの口からは申せません」

断固たる態度で翠蘭が拒否すると、世民はふむ、と鼻を鳴らした。白々《しらじら》しい反応だったが、それだけで世民が翠蘭の言わんとしたことを理解していると分かった。

「――元吉《げんきつ》のことか」

いささか長い沈黙のあと、さらりと世民は口にした。

翠蘭の本当の父親は、李元吉という。

元吉は、唐の建国者である李淵の正后《せいこう》・竇氏《とうし》の生んだ三人の息子のうちの一人だ。

広大な領土を持つ大唐帝国が建国されたのは、今から二十年前。

先の皇帝・煬帝《ようだい》の失政によって国が乱れた時、名乗りを上げた太原留守《たいげんりゅうしゅ》の李淵が、長安《ちょうあん》にとどまっていた煬帝の孫・代王煬侑《ようゆう》を捕らえ、禅譲《ぜんじょう》を行って帝位についた。

唐が建国された当時、元吉は十六歳だった。

今の翠蘭と同じ年だ。

それまでも太原留守の父のもとで甘やかされていたが、挙兵まもなく太原大守《たいしゅ》を命じられ、斉王《せいおう》に封じられた。当然のように元吉は慢心し、諫言《かんげん》した臣下を死地に送り込む一方で、世辞《せじ》の上手《じょうず》な佞臣《ねいしん》ばかりを周囲にはべらせた。

十二年前。

元吉は、長兄《ちょうけい》の建成《けんせい》とともに玄武門《げんぶもん》で殺された。

皇太子である兄、建成を討《う》ったのは、現皇帝の世民だ。

結果だけを見れば謀反《むほん》だが、唐の建国をめぐる世民の活躍と、周囲の反応を考慮《こうりょ》すれば、あながち世民のみが責められるような状況ではなかった。

建成が殺された時、末弟《まってい》の元吉もともに殺された。元吉は、建成の臣下と口をそろえて、世民を討てと兄に注進《ちゅうしん》し続けていた。

おそらく、元吉は次兄《じけい》の世民が嫌いだったのだろう。彼は世民本人ではなく、世民の信任厚い臣下の周囲に、何度となく悪意ある攻撃を仕掛けたからだ。

そのうちのひとつが、十七年前の事件である。

世民に従って、翠蘭の父、淑鵬が虎牢《ころう》県に赴《おもむ》いた時。

長安にあって暇《ひま》を持て余していた元吉は、淑鵬の婚約者、——翠蘭の母をさらって自分の屋敷に連れ込んだのだ。

それが世民に仕える異母兄《いぼけい》への嫌がらせなのか、佳人《かじん》として名高かった母を襲った厄災《やくさい》なのかは分からない。

元吉の留守《るす》を狙って屋敷から助けだされた母は、間をおかずして父と結婚した。

翌年、翠蘭が生まれると、周囲の人々は眉《まゆ》をひそめた。

果たして、翠蘭の父親はどちらなのか。

だれも、どうとも断じ得ない疑念の答えを、翠蘭の両親だけが定かに知っていた。

翠蘭の父親は、李元吉——。

大唐帝国の建国者・李淵の血筋にあって、もっとも万民に憎まれた男だ。

玄武門で敢行《かんこう》された誅殺《ちゅうさつ》事件を語る時、人々は皇太子・建成の不幸に涙する。

だが、元吉の場合は違う。

彼のせいで無用な辛苦《しんく》を味わった晋陽《しんよう》の人々はもちろん、その権勢に踏みにじられた長安の人々も、皆そろって胸をなで下ろし、若き彼の死を悼《いた》むことは決してなかった。

「口さがない者どもは、いろいろと噂《うわさ》する。だが、そなたは李淑鵬の娘であろう」

世民が静かな声で断じた。もはや余計な話はしていられないとでも言いたげな、支配者然とした威圧感《いあつ》が漂《ただよ》い始めている。

どうだ、と世民はかるく身を乗り出した。

「そなた、朕《ちん》の娘となって吐蕃王《とばんおう》に嫁《とつ》がぬか？」

「吐蕃王…!?」

反射的に翠蘭は繰り返し、自分の言葉に改めて驚くとともに、これも不敬《ふけい》だと頭の隅《すみ》で考える。しかし、もはや付け焼き刃の礼法で対応できる範囲を超えていた。それほど世民にぶつけられた問いは、突拍子《とっぴょうし》もなくて衝撃的だった。

吐蕃は、唐の西に位置する新興の王国だ。

ほんの少し前までは、漢土《かんど》の王朝や、戦乱の中で覇権《はけん》を争う人々の口に上ることもなかった。小国の並び立つ未開の地と捉えられ、三方を高い山脈で囲まれた立地ゆえ、交通の要衝《ようしょう》とも成り得ずに看過《かんか》されてきた。

古《いにしえ》の地図において吐蕃の起こった土地は空白地帯だった。

かの地に足を運ぶのは珍宝《ちんぽう》を求める商人のみだ。

けれど、漢人たちが自分の勢力図を広げようと争っているうちに、吐蕃もまた静かに覇権を握りつつあったのだ。両国が王都と定める国の中心は、それぞれ千里も隔《へだ》たっている。両国の間には幾つかの小国が点在し、直接に国境を接する部分も少ない。

しかし――。

「先ごろ、吐蕃の軍隊が、わが領土に攻め込んだことは存じておろう？」

「はい。松州《しょうしゅう》において激しい攻防が…」

「わが軍が負けたのだ」

世民が、またしてもさらりと応えた。一方で、肘《ひじ》掛けにもたれる角度をいっそう深め、考え込むような様子も見せる。

「雌雄《しゆう》を決すると吐蕃はすぐに退いた。松州のごとき山間の町はいらぬ。代わりに公主《こうしゅ》（皇帝の娘）を一人、王の妃《きさき》として迎えたいと言うのだ。つまり、対等な関係で国土を争う気などない。この世民の婿《むこ》になり、臣下の国としての認知を得たいという腹だ」

「でも、わたしは公主ではありません」

「わが身内には変わりあるまい」

　翠蘭の否定を、世民も否定で退けた。

「昨今《さっこん》の風潮を知っておるか？　ようやく訪れた太平《たいへい》の世を乱すまいと考えてか、高官から貧民に至るまで、婚姻《こんいん》にはことさら身分の釣り合いを重視するそうだ」

「陛下《へいか》。わたしは結婚など考えておりません」

　翠蘭は、半《なか》ば懇願《こんがん》の響きをもって訴えた。

　凌辱《りょうじょく》の結果として生まれた翠蘭を、母は激しく憎悪《ぞうお》した。

　父は庇《かば》ってくれたが、母の憎悪が殺意にまで発展するに及んで、翠蘭の生命を危ぶみ、西域《せいいき》との交易《こうえき》を生業《なりわい》とする母の生家に預けたのだ。

　今の翠蘭は、商家の跡取り娘だ。

そして、乱暴かつ風変わりな娘として通っている。

男装して商売にたずさわる一方で、馬に乗り、剣や弓を扱い、あまつさえ狩りに出る。しかも、並の男よりも強い。何しろ当代一の武人を師にしているのだ。

翠蘭を欲しがる男などいなかったし、翠蘭自身、誰かに対して恋慕《れんぼ》を感じたこともない。

頭の中は、商売と家族と鍛練《たんれん》のことでいっぱいだった。

「とにかく、お考え直しいただきたく……」

「これは外交の問題なのだ」

翠蘭の言葉を無視して、世民が続ける。

「吐蕃は公主《こうしゅ》を欲しがるが、あいにく多少とも気骨のある娘たちは、すでに嫁《か》している」

「でも、陛下《へいか》。わたしは公主ではありません」

翠蘭は繰り返した。

いくら敵とはいえ、吐蕃を騙《だま》す行為には荷担《かたん》したくない。

しかも、相手が自分のような女では吐蕃王が気の毒だ、と心底から思う。

だが、世民は拳《こぶし》で肘掛《ひじか》けを叩き、顔を朱に染めて怒声《どせい》を上げた。

「吐蕃王の機嫌を損ねるような娘では困るのだ!! できれば乗馬にたけ、武芸に馴染《なじ》み、体が丈夫《じょうぶ》で気の強い娘がいい。吐蕃は山の上にあり、四六時中《しろくじちゅう》つよい風が吹いているという。その風に負けず、両国の掛け橋となる大任を果たせる娘でなくてはならない」

世民が言葉を切って、翠蘭を見つめた。

「先にも申したが、そなたの噂《うわさ》は聞いていた。だから、先日、敬徳《けいとく》に命じて、そなたを狩り場に招かせたのだ。まことと見事な腕前であったぞ」

なるほど、と翠蘭は納得した。

父と交流の深い武官、尉遅《うっち》敬徳が皇帝主催の狩猟《しゅりょう》に翠蘭を連れ出した時からおかしいと思っていたのだ。敬徳は翠蘭に武術を教える一方で、翠蘭が人前で剣をふるうのを嫌っていた。その点は父も同じだ。

それなのに、あの日は二人とも快く翠蘭を送り出した。

いや、――父は、目立つことをするなと口うるさく言っていた気がする。けれど、いつものことなので聞き流してしまったのだ。

「いくつかお尋《たず》ねしてもよろしいですか、陛下？」

「何なりと尋ねよ」

「お断りすれば父が罰《ばつ》を受けるのでしょうか？」

「そのようなつもりはない」

世民が即答した。

仕方ない、と翠蘭も覚悟を決めた。

いくら質問の形を取っていても、世民は有無《うむ》を言わせず翠蘭に命じることができるのだ。

公主として、吐蕃《とっ》へ嫁げ、と――。

そして、間違いなく最後には命令を下す。

だからこそ逆に、自分で決めたという実感が欲しかった。

自分が決めたことなら、多少の困難にも耐えられるだろう。

「吐蕃へ嫁《か》するか、翠蘭？」

改めて問われ、翠蘭は『是《はい》』と答えた。

「今すぐですか？」

「二年後だ」

「なぜ二年も先なのです？」

「吐蕃は遊牧の民の国だ。だから公主《こうしゅ》のために城を造りたいそうだ。それまで、そなたは掖庭《えきてい》宮《きゅう》で暮らすがいい」

「家に戻していただけないのですか？」

「そなたは朕《ちん》の娘になったのだ。会いたくば家族にはいつでも会わせよう。必要なものがあれば何でも申すがよい。そう、…必要でなくとも望みがあれば、な」

翠蘭は少し考えた。

異国で暮らすのに、絶対に必要なものは何か――？

「吐蕃の者は漢語を話せますか？」

ほ、と世民は笑いを含んだ息をつく。

「早急《そうきゅう》に吐蕃語の教師を手配させよう」

一、草原へ

——誰かに見られている……？

そんな感覚に襲われて、翠蘭《すいらん》は反射的に顔を上げた。

鞍上《あんじょう》の主の唐突《とうとつ》な動きに驚いたのか、馬が駆け足になりかける。

しかし、手綱《たづな》を絞《しぼ》って声をかけると、おちつきなく耳をぴくつかせていた馬は、すぐに元の歩調に戻った。

翠蘭は日除《ひよ》けのためにかぶっていた冪羃《マント》を頭から外し、自分の先を行く隊列を眺めた。

白茶《しらちゃ》けた細い道を進む隊列は、細かな縫《ぬ》い取りをした旗を掲げる武官を先頭に、数騎に及ぶ騎馬の重臣、徒歩の兵士、宮女の乗った七台の輿《こし》と続いている。

その左右には鮮やかな緑の大地が広がり、前方にそびえる峰々《みねみね》に向かってなだらかな傾斜を作っている。はるか遠方の峰は夏だというのに雪を頂き、夕刻の訪れを告げる薄紅《うすべに》色の空には、数羽の大きな鳥が舞っていた。

今朝方《けさがた》、唐《とう》の領土では最後となる鄯《ぜん》州の町をたって以来、あたりには家の一軒《いっけん》もなく、隊列をなす人々の他には人影一つ見えない。単に身を隠すための岩影さえない。

翠蘭は、自分の小心に呆《あき》れて頭をふった。

少し疲れているのだ、と思う。

長安《ちょうあん》を発《た》ってから二十八日もの間、馴《な》れない輿《こし》で移動してきた。夜は夜で、各地の官吏《かんり》の接待に苦しめられた。

商家《こうか》で育ったとはいえ官人《かんじん》の娘である翠蘭には、地方官吏の意気込みと真剣さが理解できる。降嫁する公主《こうしゅ》の歓待《かんたい》は、自分の評価を上げる好機であると同時に、評価を下げる危険をはらんだ行事なのだ。そして、その評価は公主の機嫌によって下される。

そう思うと恐ろしくもあり、翠蘭は始終《しじゅう》にこにこと笑っていた。

楽しくもないのに笑うという行為が、これほど精神力を殺《そ》ぐとは思わなかった。

そのせいだろうか、待望の胡服《こふく》に着替え、輿から馬に乗り換えた今も、細い鎖《くさり》でつながれているような息苦しさを感じた。

「どうした、翠蘭?」

ふいに低い声で問われ、翠蘭ははっとした。

間をおかず、長身瘦軀《そうく》の騎馬の男——尉遅《うっち》慧《けい》が隣に並ぶ。

「別に…。何でもないよ」

曖昧《あいまい》に答えた翠蘭の顔を、四つ年上の幼馴染《おさななじ》みは青い目で凝視《ぎょうし》した。

ただし、翠蘭の姿を映すのは、右目だけだ。

左目は革製の眼帯《がんたい》の下に隠されている。

先ごろの遠征で失ったのだ、と長安をたつ前、三年ぶりに会った慧は、感情のこもらない声で説明した。

もともと商人だった両親と旅をしていた慧は、九歳の時、事故で両親を失い、他の隊商に助けられて長安に辿《たど》り着いた。しばらく翠蘭の祖父母の屋敷で暮らし、やがて武官を志《こころざ》して将軍、尉遅敬徳《うっちけいとく》の養子になった。

翠蘭も子供の頃は、敬徳の息子や養子たちと一緒《いっしょ》に鍛練《たんれん》に励《はげ》んだが、彼らはある程度の年になると、次々と出征《しゅっせい》していった。

慧も例に漏《も》れず、十四歳の時から戦場を転々とした。

翠蘭は、いつも慧が心配だった。

会う度に背が伸びて、発達した筋肉のせいで肩がはり、凄味《すごみ》さえ身に着けた慧を見ても気持ちは変わらない。

翠蘭の記憶の中には、いつも厩《うまや》の隅《すみ》に座り込んでいた慧の姿がある。痩《や》せた体に白茶《しらちゃ》けた埃《ほこり》をまとい、金髪《きんぱつ》も白っぽくくすんで見えた。膝《ひざ》を抱えて身を縮めた少年は、両親を失った衝撃で、一時は生きる力すら失っていた。

「これが気になるか？」

じっと見つめ返す翠蘭に、慧が左手で自分の眼帯に触れた。

翠蘭は慌《あわ》てて首を振り、視線を前方へ戻した。

「痛そうだな、と思っただけだ」

「おまえは昔から気が弱いな。器用だから剣も弓矢もうまく扱うが、あまり武術に向かない質《たち》だ。これからは、見るだけにしておいた方がいい」

「わたしも子供の頃は、慧が武官《ぶかん》になれるとは思わなかったよ」

容赦《ようしゃ》ない慧の批評に、翠蘭は飾らない言葉で応《こた》えた。

慧の辛辣《しんらつ》な言葉を聞くと、ほっとする。

一緒《いっしょ》に吐蕃《とばん》へ行く、と彼が言った時も、翠蘭は深い安堵《あんど》を覚えた。

だが、翠蘭とともに吐蕃へ赴《おもむ》くことは、これまで積み上げてきた慧の武官としての功績を意味のないものに変える行為だ。

片目を失ってまで追い求めた功績があったのに、——そう思うと、翠蘭はつい同じ問いを繰り返してしまう。

「本当にいいのか、慧？　今なら長安に戻れるぞ」

「いいんだ。翠蘭の祖父《じい》さまや祖母《ばあ》さまには恩がある。孫娘が家名を汚《けが》さないように、しっかり見張るさ」

慧の言葉に苦笑して、翠蘭は目を伏せた。

世民《せいみん》に招かれて宮城《きゅうじょう》へ行くまで、翠蘭の立場は『劉家《りゅうけ》の風変わりなお嬢《じょう》さん』だった。

屋敷に出入りする商人たちの馬を手入れし、人足に混じって荷物を運び、目が悪くなり始めた祖母の代わりに帳簿《ちょうぼ》をつけていた。

ずっと、そうして生きていこうと思っていた。

世民にも言ったように、翠蘭は結婚する気がなかったのだ。

けれど、結婚が女の義務のように考えられている社会を一人で生き抜くためには力がいる。男装をはじめたのは利便性《りべん》に惹《ひ》かれたためだ。武術を学んだのは身を守るためで、狩りに出るのは実利的な目的によった。

二年前、皇帝主催の狩りに参加したのも、妹の誕生日に贈る鹿皮が欲しかったからだ。

それが裏目に出るとは夢にも思わなかった。

長安の宮城で世民に『是《はい》』と答えてから、翠蘭が身を置く環境は一変した。

それは、公主《こうしゅ》の暮らしに似て非なる囚人《めしうど》の生活だった。

世民は約束どおり吐蕃語の教師をつけてくれたが、それ以外の希望はすべて無視された。

けれども。

それは、もういい――。

吐蕃への降嫁《こうか》も一種の『仕事』だと捉えれば、嘆《なげ》き悲しむほどのこともない。

ただ、いくつかの問題があった。

その中の最たるものは、自分が偽公主《にせこうしゅ》だという事実だ。

商人としての誇りを持った祖父母に育てられた翠蘭は、どうしてもこの卑怯《ひきょう》な取り引きを快く認めることができなかった。それに、偽者《にせもの》という事実に付帯《ふたい》して起こるだろう面倒も、そこはかとなく予見できて憂鬱《ゆううつ》になった。

およそ四か月前。

吐蕃は公主《こうしゅ》の迎えと銘打《めいう》って、十人の家臣団を長安に送り込んできた。

その顔触れは、宰相《さいしょう》のガル・トンツェン・ユルスンを筆頭に、次官のディ・セル・グンドゥン、大臣のニャン・ティサン、同じく大臣のトンミ・サンボータと、まるで吐蕃の首脳部がそのまま長安に移動したかの様相だった。

唐の官人《かんじん》の大半は、吐蕃が礼儀《れいぎ》を尽《つ》くしたと解釈したようだが、翠蘭にはそうは思えない。錚錚《そうそう》たる顔触れの裏には、きっと何か特別な理由があるはずなのだ。

しかし、理由を探ろうにも、翠蘭には吐蕃に関する知識がない。

翠蘭が知っているのは、会話のための吐蕃語と、かの国が神仙《しんせん》の暮らすと言われる山々に囲まれていること。長安とは比べ物にならないほど高地にあるということ。それに、四六時中《しろくじちゅう》強い風が吹いているという世民の台詞《せりふ》だけだった。

「なあ、慧。吐蕃は、どんなところかな」

「俺に分かるはずがないだろう」

どうした、と具合を尋《たず》ねておきながら、慧の返事は素《そ》っ気《け》ない。

それでも事実に違いない言葉を聞くと、翠蘭の口許《くちもと》には自然と笑みが浮かぶ。

「そうだな。これから自分の目で確かめよう」

翠蘭はかるい調子で断じ、隊列の前を行く輿《こし》へ視線を遊ばせた。

不安ではない、と言えば嘘《うそ》だ。

けれど、慧と朱瓔《しゅえい》がいれば何とかなるような気がする。

公主用の輿に乗った翠蘭の友人、祖父母の養女である劉朱瓔《りゅうしゅえい》も、翠蘭の吐蕃行きを知ると、あっさりと同行を申し出た。

朱瓔は、三年前まで『泉玉堂《せんぎょくどう》』という酒楼《しゅろう》で占い師をしていた。

大層な売れっ子だったが、その生活は悲惨《ひさん》だった。彼女は雇《やと》われた占い師ではなく、酒楼の女将《おかみ》が人買いから買い付けて占い師に仕立てた子供だったのだ。

妹に付き添って、朱瓔の占い部屋を訪ねた時、翠蘭は豪華な衣服に包まれた彼女の痩《や》せた体に驚いた。大抵《たいてい》の人が可愛《かわい》いと評する小柄《こがら》さには飢《う》えが感じられた。神秘的と評される青白い顔には死の気配が付きまとっていた。

それでも、まっすぐ前を見つめる黒い瞳に、翠蘭は魅《み》せられた。

店に通って朱瓔に本意を確かめ、祖父母に頼んで彼女を買い取ってもらった。

祖父母は、朱瓔を確実に保護するために彼女を養女にした。

あの日から朱瓔は、翠蘭の大切な友人であり、家族になった。

彼女を買ったという事実は、いまでも翠蘭の心にしこりとなって残っている。彼女が吐蕃へ同行すると言ってくれた時、翠蘭は喜びよりも悲しみを強く感じた。

『泉玉堂』の女将に代わり、翠蘭が彼女の人生を金銭で支配した気がしたのだ。

けれど、こうして降嫁《こうか》の旅に出れば、朱瓔の存在の大きさに感謝するばかりだ。

彼女は見かけによらず行動力があり、翠蘭の百倍は頭脳が明晰《めいせき》で、諧謔《ユーモア》性にも富んでいた。

さらに、鋭い洞察力《どうさつりょく》を備え、おそろしく口が立った。

「もし不安なのなら、朱瓔に占ってもらえばいいだろう」

慧が、やや不機嫌な声で言う。

彼は、長安をたつ前に出会ったばかりの朱瓔を、どことなく嫌っている様子だ。

「朱瓔は、身近な人のことは占わないと言うんだ。わたしも占いはあまり…」


翠蘭が、そう言った時――。


がらがらっ、と前方で木材のぶつかりあう大きな音がした。

輿《こし》が後方から順にぶつかりあって倒れ、白い土煙《つちけむり》が上がる。

蒼穹《そうきゅう》に女たちの甲高《かんだか》い悲鳴が響いた。

「朱瓔っ!!」

事故だと認識した瞬間、翠蘭は輿へ馬を向けていた。

先頭の輿に乗った朱瓔は、足が不自由なのだ。立つことはできるが、物に摑《つか》まらずに歩いたり、走ることはできない。

しかし、数歩も進まぬうちに、栗毛《くりげ》の馬に乗った老人が翠蘭の前に飛び出して道を遮《さえぎ》った。

この隊列を率《ひき》いる唐側の責任者、江夏《こうか》王道宗《おうどうそう》だ。

道宗は、白い顎鬚《あごひげ》を揺らしながら細い腕でたくみに馬を操り、翠蘭の邪魔《じゃま》をした。

「どいてくれ、道宗どの」

「いけません、翠蘭さま。まずは我らが検分《けんぶん》いたします」

「いいから、どけ!!」

「文成公主《ぶんせいこうしゅ》さま！」

道宗が馬を寄せて、翠蘭の馬の轡《くつわ》をつかんだ。

翠蘭は燃える目で道宗を睨《にら》み付ける。

だが、短い攻防の末に折れたのは、翠蘭の方だった。

ここで道宗を馬から蹴落《けお》とすわけにはいかないし、翠蘭が納得しないかぎり、道宗はそばを離れようとしないだろう。当然、事故の処理をする兵士の指揮官《しきかん》は不在の状態が続く。

「分かったから、行ってくれ」

唇を噛《か》んで手綱《たづな》を絞《しぼ》る翠蘭に、道宗が断固たる意思のこもった視線を投げる。

「お聞き分けください。我らは第一に公主の安全を考えねばならないのです」

「いいから、はやく朱瓔を助けてくれ!!」


いちばん後ろの輿《こし》が不自然に前へと倒れかかった時。

先頭の輿に並んでいたサンボータは、輿の中に腕を突っ込み、中に座っていた少女——劉朱瓔を引っぱり出した。

朱瓔の不自由な足が輿から離れた瞬間、彼女の乗っていた輿も人足《にんそく》とともに地面に倒れ込む。地面に叩き付けられた輿は、細かな木片を散らしながら崩壊《ほうかい》した。

サンボータは朱瓔を抱え、いったん事故の現場から離れた。

泣き叫ぶ宮女や人足の声に加え、わらわらと走り寄る兵士たちの動きに、それでなくとも興奮気味の馬が落ち着かない。

朱瓔はしっかりとサンボータの腕に掴《つか》まっているが、小さな手は頼りなく震えている。もしも馬が暴れたら簡単に落馬してしまいそうだ。サンボータにしても遊牧民とはいえ乗馬は下手《へた》な方だから、無理をせずに朱瓔を守る方向を選んだ。

「怪我《けが》はありませんか？」

道からそれて尋《たず》ねると、サンボータの腕の中の朱瓔が顔を上げた。

平素《へいそ》から雪よりも白い肌が、今は青白く陰りを帯びている。桜色の小さな唇も血の気《け》を失って、言葉を紡《つむ》ぐ瞬間にも小刻みに震えていた。

「…大丈夫《だいじょうぶ》です。ありがとう存じます」

それでも朱瓔は気丈《きじょう》に礼を述べた。

やわらかな巻き毛に彩《いろど》られた、十五歳とは思えないほど幼げな顔の中で、サンボータを見上げる黒い瞳だけは大人びた色を帯びている。

実際に、彼女は大人顔負けの分別《ふんべつ》と冷静さを備えていた。

サンボータが朱瓔にはじめて会ったのは、四か月前。

公主《こうしゅ》を迎えるために長安へ入った時だった。

盛装《せいそう》で身を飾り、女性にしては堂々とした態度で吐蕃の家臣団を迎えた公主とは対照的に、朱瓔はちんまりと椅子《いす》に座っていた。あとで同じ吐蕃の臣であるディ・セルに確かめたところ、彼は朱瓔の存在に気付いていなかった。公主付きの女官に尋《たず》ねると、『お抱え占い師』です、との答えが返り、目立たない方ですわね、という批評が付いた。

どうして皆が朱瓔に注意を払わないのか、サンボータは不思議だった。

サンボータは公主の出迎えに際し、その素姓《すじょう》の真偽《しんぎ》を確かめるよう密命を受けていた。

筋肉のない丸太のような体軀《たいく》や、四角い顔、糸のような目、短く切り揃《そろ》えられた年に似合わぬ白髪など、容姿だけ見ればサンボータは密偵《みってい》に向く男ではない。けれど、相手との距離にかかわらず、細部を観察することは得意だった。

そこを王に見込まれたのだ。

公主が偽者《にせもの》でも拒否する権利は吐蕃にはないが、この先の対応を睨《にら》んでのことだろう。もとより吐蕃は、公主を仲介者として唐の文化を逐次《ちくじ》、輸入する腹積もりなのだ。

そのために松州《しょうしゅう》を攻撃し、公主の降嫁《こうか》を取り付けた。

このやり方には、サンボータは反対だった。

だから余計に、公主の真偽を確かめるという役目に熱が入らない。

最初は朱瓔を手懐《てなず》けようかと考えたが、そんな計画は早々《そうそう》に放棄《ほうき》した。

朱瓔は、人間の下心を見抜く力を持っていたし、サンボータも彼女の恨《うら》みを買ってまで役目に徹する気にはなれなかったのだ。

──さて、公主はどこかな。

首を巡らせると、すぐに隊列の後方で道宗と言い争っている公主の姿が見えた。

吐蕃人は一般に漢人《かんじん》より目がいいが、それにしても公主は目立つ人物だ。

女性にしては長身で、とても均整《きんせい》のとれた体付きをしている。今朝方《けさがた》、胡服《こふく》に着替えてから、ますます目立つようになった。

真っ黒な髪は後頭部の高い位置でひとつに結ばれ、あとは無造作《むぞうさ》に背中へ流されている。意思の強そうな瞳も、きりりと結ばれた唇も、凜々《りり》しい顔立ちにふさわしい。

華《はな》やかさには欠けるが、まず美人と称していい造作《ぞうさく》だ。

しかし、面白いことに、本人は自分の美しさに気付いていない。公主ほど自分の美貌《びぼう》に無頓《むとん》着《ちゃく》な女を、サンボータは見たことがなかった。

ひとしきり道宗と喧嘩《けんか》した公主は、道を外れて旗を手にした武官に近付くと、馴《な》れた様子で馬を降りた。

近くにいた兵士が手綱《たづな》を受け取ると、当たり前のように礼を言う。

他の兵士たちが敷布《しきふ》や屋根の用意を始めると、今度は落ち着かない足取りで事故現場へ戻ろうとした。その道々でも、運ばれる怪我人《けがにん》に声をかけて具合を確かめる。

放っておけば、朱瓔を見つけた後に怪我人の手当てにも加わりそうだ。

もっとも、それは道宗が絶対にさせないだろう。

白い山羊髭《やぎひげ》を蓄《たくわ》えた唐の高官は、風変わりな公主《こうしゅ》の奇行に手を焼いている。それが、唐の威《い》信《しん》を傷つけると考えているのか、それとも公主自体が偽者《にせもの》だからだろうか。

密命には熱心になれないが、サンボータは自分の楽しみのために真相を知りたいと思っていた。

「公主さま!!」

落ち着きなく足を運ぶ公主に、サンボータは馬上から声をかけた。

「朱瓔どのは、ここにおられますよ!!」

その言葉を耳にした途端、公主が駆け寄ってきた。

サンボータは馬から降りて、腕の中の朱瓔を差し出す。公主は、ああ、と安堵《あんど》のつぶやきをもらし、震える指先で朱瓔の頬《ほお》についた埃《ほこり》を拭《ぬぐ》った。

「お怪我《けが》はないようですよ」

流暢《りゅうちょう》な漢語《かんご》で言い添えて、サンボータは朱瓔を敷布《しきふ》の方へと運んだ。

公主の姿に気付いた年若い僧が、敷布の上に夜具を運んで朱瓔の場所を作った。

「まだ日は高いのですが、今日はここで夜営《やえい》をすることになるでしょう。すぐに天幕をご用意いたします。しばらくお待ち下さい」

朱瓔を夜具の上に降ろして、サンボータは公主に一礼した。

すでに道宗と打ち合わせを済ませたディ・セルが、天幕設営の指示を出している。サンボータも、設営に従事する人々の中に加わった。

もとより吐蕃から長安へ遣《つか》わされた者の数は十人しかいない。

天幕の設営は皆で当たるのが普通だが、とくに今は七人しか人手がなかった。

それというのも、公主の迎えとして遣わされた宰相《さいしょう》のガル・トンツェン・ユルスンが、道宗が戻るまでの人質《ひとじち》として、長安に慰留《いりゅう》されたせいだ。

宰相の唐への派遣《はけん》は、吐蕃が公主の降嫁《こうか》にかける意気込みを表すとともに、いかに皇帝に対して敬いの気持ちを持っているかを示す行為だったが、思いがけない結果を生んだ。

皇帝・世民がガルの博識と人柄《ひとがら》に惚《ほ》れ込み、唐の宮廷に強く慰留したのだ。

とはいえ、吐蕃側としても、大事な宰相を差し上げますというわけにはいかない。そこで、道宗が無事に戻るまでの人質としてガルを残すことを世民に提案した。

本当に、世民がガルを戻すかどうかは分からない。けれど、サンボータは三つ年下の宰相を、政治的な手腕《しゅわん》の上では信用していた。世民が何を言い出そうとも、あの頭のいい宰相なら万難《ばんなん》を排して、自分の望む時期に国へ戻るだろう。

――問題は、こちらの方だが…。

サンボータは、横目でちらりと公主の様子を窺《うかが》う。

公主は、僧が用意した布で朱瓔の顔の汚《よご》れを拭うのに熱心だった。

はじめて拝謁《はいえつ》した時から、彼女には支配者の威勢《いせい》を感じなかった。育ちのよさは窺われるが、それは良家《りょうけ》の子女という程度に過ぎない。

世間に流布《るふ》する公主たちの悪評はひどいものだ。皇帝の威信と封祿《ほうろく》からなる財力にものを言わせ、気に入った男女を誘拐《ゆうかい》して奴隷《どれい》にしたり、はなはだしい場合は未婚でも大勢の愛人を囲い込むという。

もちろん、サンボータには噂《うわさ》の真偽《しんぎ》を確かめる時間はなかった。

しかし、実際に顔を合わせた幾人かの公主《こうしゅ》は、吐蕃の大臣たちを珍獣でも見るかのような目付きで眺めた。そつのないガルは、数時間で彼女たちを籠絡《ろうらく》したが、サンボータは苦笑をもって眺め返すに止《とど》めた。

あの目付きが、文成公主──李《り》翠蘭にはない。

それに、サンボータにはもうひとつ、気になる事実があった。


長安をたつ日の朝、花嫁衣装《はなよめいしょう》に身を包んだ公主は皇帝に挨拶《あいさつ》した。

周囲には唐の重臣が集い、迎えに訪れた吐蕃の大臣たちも同席した。

皇帝・世民は玉座《ぎょくざ》から公主を見下ろし、にやりと下卑《げび》た笑いを浮かべた。この反応に、公主は不機嫌な顔になった。すると、世民は鷹揚《おうよう》に首を傾《かし》げ、あくび混じりに言った。

『そなたは吐蕃へ嫁《か》するのが恐ろしいか?』

『左様《さよう》でございます』

公主は投げやりに答えた。

すると、世民は膝《ひざ》を打って笑い、ようやく少しだけ前方へ首を伸ばした。

『案ずるな。そなたは気が強く、人に屈《くつ》せぬ野生馬のようだが、吐蕃の王は遊牧の民。野生馬を飼い慣らす技にたけ、その過程にも喜びを見出《みいだ》すだろう』
世民の言葉に、居並ぶ重臣たちも笑いをこぼした。
その瞬間の公主の顔は、かわいそうなほど青ざめ、強張《こわば》っていた。

果たして、遠国《えんごく》に嫁《とつ》ぐ娘に、実の父親があれほど無慈悲《むじひ》な言葉をかけるだろうか。

あの朝のできごとを思い出すと、いつもサンボータの口からは溜め息がもれる。

サンボータにとって吐蕃は故郷だが、漢人からどんなふうに見られているかは正確に理解している。

高い山に囲まれた野蛮人《やばんじん》の国――。

基本的に、漢土において遊牧民は嫌われている。

たびたび国境を犯して侵入し、人間や財物を略奪《りゃくだつ》するからだ。

吐蕃は、かつて唐が領土とする土地で略奪を働いたことがない。一年中を遊牧生活で過ごす草原の民と違い、冬の間は定住生活をするためだ。だから、貯蔵や保管という側面も発達し、他の遊牧民ほどは天候に左右されない生活ができる。

しかし、漢人の観点からすれば遊牧民は一括《ひとくく》りだ。

その点、公主は前向きに降嫁《こうか》に備えていた。前向きすぎて、吐蕃の臣を質問攻めにし、返答に困らせるほどだった。

サンボータは、宰相《さいしょう》のガルが女性に問い詰められて、たじろぐ姿をはじめて見た。

不謹慎《ふきんしん》にも心の中で快哉《かいさい》を叫んでみたが、それでも十八歳の公主《こうしゅ》に希望だけ抱えて嫁《よめ》に行け、と求めるのは無理な話だと分かっていた。

天幕の設営を終えて、公主に目を戻すと、彼女は白湯《さゆ》を手にした僧と話していた。

朱瓔に劣らず色白で、禿頭《とくとう》も初々《ういうい》しい青年僧は、二十代前半だろうか。公主の話し相手として隊列に加えられた僧の中ではいちばん若い。

彼は、長安をたってから、頻繁《ひんぱん》に公主と話し込んでいた。

――たしか陽善《ようぜん》といったな。

サンボータは、頭の中の名簿《めいぼ》をめくりつつ、陽善に近付いた。

「何をお話しなさっているのですか?」

問い掛けると、陽善はびくりと肩を震わせた。

敷布《しきふ》の上に座っていた朱瓔が代わりに答える。

「陽善さまは不思議なことをおっしゃるのですわ」

血の気《け》の戻った朱瓔の顔を、安堵《あんど》をこめて見やり、サンボータは小さな笑みを浮かべた。

「不思議なこと、とは?」

「誰かが人足《にんそく》の足を…」

「いいえ。吐蕃の御方に申し上げることではありません」

陽善が、強い調子で朱瓔の言葉をさえぎった。

よほど慌《あわ》てているのか、それでなくても甲高《かんだか》い声が裏返っている。

朱瓔が面食らったように口をつぐむと、陽善はそそくさと立ち去った。

「どうなさったのでしょうね」

苦笑しながら首を傾《かし》げたサンボータに、今度は公主が答えた。

「僧にあるまじきことを言った、と思っておられるのではないか？」

「では、鬼神《きしん》の話ですか」

「うん。陽善どのは、いちばん後ろの輿《こし》を担《かつ》いでいた人足が、誰かに足を摑《つか》まれたと言っていた、と話してくれたんだ」

「ほう、それは本当に不思議な話ですね」

サンボータは感心したように笑ったが、内心ではどの人足の話だろうと考える。陽善の作り話という可能性も含めて、確認しておいた方がよさそうだ。

事実、吐蕃には魔術師と呼ばれる人々がいて、精霊や魔物を動かす術を持っている。彼らならば、草原の真ん中で人足の足を摑むことも可能だろう。

しかし、サンボータはそれ以上、公主たちに質問しなかった。

魔術について語るには、相応《ふさわ》しい時間や天候があり、それ以外の場合は相応の準備が必要だとされる。そうしなければ気分を害した精霊や魔物から攻撃を受けるからだ。

サンボータは手放しで伝承を信じるほど迷信深くはないが、不思議のすべてを頭から否定するほど頑固《がんこ》でもなかった。

実際に、吐蕃王の側近には、手を触れずに物を動かす魔術師がいる。

――まさか、彼が…？

サンボータの頭に、許容《きよよう》しがたい懸念《けねん》が浮かぶ。

そんなサンボータの表情を読み取り、朱瓔が尋《たず》ねた。

「どうなさいました、サンボータさま？」

「いいえ、何でもありませんよ。お二人を天幕にご案内いたします」

サンボータは朱瓔を抱き上げ、公主《こうしゆ》を目顔で促した。

いささか礼を失した態度だったが、公主はおとなしく付いてきた。


サンボータに案内されて天幕に入るまで、翠蘭はなるべく敷布《しきふ》に横たわった怪我人《けがにん》を見ないようにして歩いた。できるなら、宮女や人足《にんそく》の具合を確かめ、手当てにも協力したい。けれど、それは道宗を怒らせる行為だった。

礼部尚書《れいぶしようしよ》を務める彼は、上下関係にうるさい。翠蘭は青筋をたてた道宗の説教を聞きたくなかったし、説教の余波を受けた宮女たちに恨《うら》まれるのも避けたかった。

吐蕃の天幕は丈夫《じようぶ》な造りで、中は温かかった。

箱型の寝台が並べて置かれ、羊毛の織物《おりもの》や毛皮がふんだんに敷かれている。

朱瓔を寝台に座らせると、サンボータは出て行った。

彼の姿が天幕の中から消えると、翠蘭は革の長靴《ブーツ》を脱ぎ、箱型の寝台に座って手足を伸ばした。すると滞《とどこお》りがちだった全身の血が勢いよく流れ出す。柔らかな羊毛の夜具《やぐ》に掌《てのひら》を当てると、得《え》も言われぬ幸福感が全身に広がった。

「気持ちいいですわね」

微笑《ほほえ》む朱瓔に、翠蘭は心からうなずいた。

「それにしても…」

ふと思い付いて、翠蘭は素早く体を起こす。

「陽善どのの話は何だったんだろう？」

「ああ、人足《にんそく》が足を摑《つか》まれたという話ですわね。人足の作り話とも考えられますけれど、あまりにも内容が珍妙《ちんみょう》ですわ。もしかすると、わたくしが小耳にはさんだ吐蕃の魔術なるものかもしれません」

「吐蕃の魔術？」

「ええ。わたくし、宮城《きゅうじょう》の庭で聞いてしまいましたの。『ガルさまは魔力を使うので役に立つ』とディ・セルさまが皇上《こうじょう》（皇帝への敬称）に申し上げておられるのを」

「ガルどのが魔術を使う？」

翠蘭は首を傾《かし》げ、吐蕃の年若い宰相《さいしょう》の顔を思い浮かべた。

ガル・トンツェン・ユルスンは、美丈夫《びじょうふ》と評されるべき人物だ。整《じょう》った顔立ちと上品な物腰を備え、サンボータと同じく流暢《りゅうちょう》な漢語《かんご》を話す。いささか内容が冗長《じょうちょう》に走る傾向があったが、教師としての素質も備えていた。

最初は、刑場に引き出される囚人《しゅうじん》の心持ちでガルと面談した翠蘭も、すぐに温厚で安定した気質を有する彼に好意的な印象を抱いた。ただ、ガルと接していると、時おり掌《てのひら》の上で転がされているような感覚に陥《おちい》った。

その感覚だけは、どうしても好きになれなかった。

「ディ・セルどのは、なんでまた、そんなことをおっしゃったんだろう?」

「ガルさまを、長安へ置き去りにしたかったのではありません?」

「宰相《さいしょう》を他国に置き去りにして、どうするんだ?」

「ご自分の出世を望まれたとか?」

間をおかずに疑問をぶつけ合い、翠蘭と朱瓔は顔を見合わせて笑った。

吐蕃について語る時は、いつもこうだ。

「ディ・セルどのの話のせいで、ガルどのは長安に慰留《いりゅう》されたのかな?」

「どうでしょうか。あの時、ディ・セルさまは長安の通訳を使っておいででしたわ」

「ああ、ディ・セルどのは漢語《かんご》が話せないものな」

「そのあたりからして、少し怪しいと思いません?」

朱瓔が可愛《かわい》らしく小首を傾《かし》げ、もっともなことを言った。

「それにしても、『魔術』というのは何なんだ? 方術《ほうじゅつ》や道術《どうじゅつ》と同じようなものかな? それを、一国の宰相であるガルどのが使う?」

「まったく変ですわね。皇上《こうじょう》は詳しくお聞き及びになったはずですが、場所を移してしまわれたので、『魔術』なるものの内容については…」

「失礼いたします」

出入口の垂れ幕の外から声がかかり、朱瓔が慌《あわ》てて言葉を切った。

翠蘭も脱いだ靴《くつ》を手元に引き寄せ、衣服の裾《すそ》で裸足《はだし》の足を隠す。

ほどなくして、サンボータを従えたディ・セルが入ってきた。彼は白湯《さゆ》の入った器《うつわ》を二つささげ持ち、うやうやしく翠蘭たちに差し出した。

「ご気分はいかがですか、公主《こうしゅ》さま」

「ありがとう。ご心配いただくようなことはありません」

いささか淑《しと》やかな声になり、翠蘭は作り笑いも添えて答えた。

ディ・セルは、迎えに訪れた人々の中でいちばん背が低く、顔がくるりと丸くて狸《たぬき》に似ている。いつも目の下にくまを作っているので、いささか腹黒い顔つきに見える。

しかし、実際は、顔つきに反して真面目《まじめ》な人物だった。彼を腹黒そうに見せるくまこそが、四角四面《しかくしめん》な性格の産物なのだろう。

「先ほど、道宗どのに伺《うかが》いましたが、人足《にんそく》や女官方に目立った怪我《けが》はないようです。今夜はこの地にてお休みいただき、明日は早めに出立《しゅったつ》したいと考えております」

ディ・セルが吐蕃語で報告を始める。

「この先には、ドニデラという峠《とうげ》がございまして、それを越えると真の意味で唐の領土を出たことになります。わが王は、ドニデラよりおよそ十余日の距離にある河源《かげん》と呼ばれる地にて、公主《こうしゅ》さまをお待ちしております」

「河源というのが吐蕃の王都なのですか？」

「いいえ。わが国の王都は、ドニデラを越えて尚《なお》、長安へ戻るより倍にも当たる距離の地にございます。そこに至る道程はいささか険《けわ》しく、峠《とうげ》なども多くございますので、まずは美しき湖《こ》沼《しょう》の地である河源にご案内いたします」

「婚礼、も、その地で行われるのですか？」

ためらいがちな翠蘭の問いに、ふ、とディ・セルが口許《くちもと》を弛《ゆる》めた。

「公主さまが王都にての婚礼をお望みとあらば、わが王も従うでしょう。けれど、公主さまのお姿を目にすれば、即日の婚儀《こんぎ》を願うやもしれません。その時には、どうぞ王の気持ちをお汲《く》み取りくださり、ご容認いただければ幸いと存じます」

「…分かりました」

つまり、これは決定されたことなのだ、と翠蘭は納得した。

ディ・セルは言葉を尽《つ》くすが、もとより偽者《にせもの》に過ぎない翠蘭には、吐蕃王の要求を拒《こば》む権利もなかった。

それでも、あれこれと報告してくれるディ・セルの心遣いは嬉《うれ》しかった。

長安をたって以来、道宗からは何の報告もないのだ。商家で育ったおかげで、翠蘭は並の女よりも地名や他国の話には詳しいが、実際には長安から出たことがなく、地理を立体的には理解できていなかった。

自分のいる場所が分からないというのは、長旅においてはかなりつらい。

「ディ・セルどのが細かに報告してくださるので助かります」

翠蘭は本心から言った。

「報告は臣下の義務でございますれば」

ディ・セルが恐縮した様子で頭を下げる。

「それに、私は、むしろ公主さまにお詫《わ》び申し上げるべきかと存じます。迎えの任を受けながら漢語《かんご》が解せず、無調法《ぶちようほう》をいたします。一方で、公主さまがわが国の言葉を学んでくださったことは、光栄の至りと存じます」

「でも、分からない事がたくさんあります」

「私でよろしければ、何なりとお尋《たず》ねくださいませ」

「では、吐蕃の魔術なるものについて教えてください」

翠蘭が言った途端に、ディ・セルがぱくっ、と口を開けた。

彼は、サンポータと目を見合わせ、敷布《しきふ》に手をついて深々と頭を下げる。

「申し訳ございません。どなたからお聞きになったかは存じませんが、今は時間が悪《わる》うございます。公主さまの御身《おんみ》に危険を及ぼすような真似《まね》はできかねます。どうか、今宵《こよい》はご容赦《ようしゃ》ください。かならずや後日《ごじつ》、改めましてご説明を申し上げます」

ディ・セルの声は懇願《こんがん》めいた響きを帯びていた。顔を上げた彼の額には汗が宿っている。

翠蘭は了承《りようしよう》して、ディ・セルたちを下がらせるしかなかった。

ディ・セルの狼狽《ろうばい》ぶりは翠蘭たちを驚かせ、しばらく天幕内での話題を提供したが、最後には何か禁忌《きんき》があるのだろうという結論に落ち着いた。

「おなかが空《す》かないか、朱瓔？」

細かい事を考えるのにも耐えられなくなり、翠蘭は尋《たず》ねた。

二年前から、考えても仕方ないことばかり考えている気がする。

「空きましたわ、翠蘭さま」

朱瓔がにっこりと笑った。

その笑顔は、不思議なほどに翠蘭の心を和《なご》ませる。

「何かもらってくるよ」

そう言って、翠蘭は立ち上がった。

天幕を出ると、ひやりとした空気が翠蘭の体を包んだ。

いつの間にか太陽は西の峰《みね》に隠れ、色鮮やかな残光《ざんこう》が暮れていく空を彩《いろど》っている。昼間は容《よう》赦《しゃ》なく降り注いでいた熱もおさまり、夜の訪れを告げる風が草原を流れていた。

風は、翠蘭の髪を撫《な》で、やわらかく体を揺する。

その冷たさは手足の熱を奪うとともに、心地《ここち》好《よ》く昼間の疲れも持ち去った。

ふう、と声をたてて息をつき、翠蘭はしばし目を閉じる。

このまま風に溶けて、草原を流れ過ぎていきたい――。

しかし。

感慨《かんがい》に浸《ひた》れる時間は短かった。

公主《こうしゅ》さま、と声をかけられ、翠蘭は目を開いた。

振り返ると天幕の傍《かたわ》らに、鍋《なべ》を下げた慧《けい》と、不機嫌な顔の道宗が立っていた。

「よろしいですかな？」

重々しい声で道宗が尋ねた。

隣に立つ慧を無視しているところを見れば、これは不本意な状態らしい。

どうぞ、と答えて、翠蘭は二人を天幕に招き入れた。また説教をされるのかと思えば憂鬱《ゆううつ》になるが、人足《にんそく》や宮女の具合も知りたい。

天幕の中では、朱瓔が敷布《しきふ》に水晶を並べて、何事か占っていた。

「あら、道宗さま」

顔を上げた朱瓔に、道宗は侮蔑《ぶべつ》のこもった一瞥《いちべつ》をくれる。

「慧どのがお食事をお持ちしたようですが、その前に話をさせていただきます。できれば他の者の耳には入れたくない話なのですが――」

「それなら外へ出ようか」

「お待ちください、翠蘭さま！」

道宗が語気も荒く、ふたたび天幕を出ようとした翠蘭を呼び止めた。

「公主たる翠蘭さまが移動なさる必要はありません。この者たちに天幕から出よ、とお命じくだされればよいのです」

でも、という反論を翠蘭は飲み込んだ。

どう考えても、足の不自由な朱瓔を移動させるより、翠蘭と道宗が場所を変えた方が早そうだ。けれど、そうした合理性は、道宗にとっては屁理屈《へりくつ》なのだろう。

硬化する空気を感じ取ったのか、慧が朱瓔をつれて天幕を出て行った。

翠蘭と二人になると、道宗は聞こえよがしな溜《た》め息《いき》をついた。

「劉朱瓔以外の女官が、この天幕にいないのは何故《なぜ》ですか？」

「何故といわれても、別に用事がないからだ」

「用事がない？『用事がない』と仰《おお》せられましたか？」

粘《ねば》っこい口調で言い募《つの》る道宗に閉口《へいこう》し、翠蘭は首を垂れた。

彼の言いたいことは分かっている。公主《こうしゅ》の側にいないのは宮女の怠慢《たいまん》で、その怠慢を助長《じょちょう》させているのが翠蘭だと言いたいのだ。

隊列に同行している宮女たちは、翠蘭の世話役という名目《めいもく》をもっている。

だが、吐蕃行きを命じられてからというもの、彼女たちはすっかり仕事を放棄《ほうき》していた。

投げやりな態度の裏には遊牧民への恐れがある。その王に贈られ、二度と長安に戻れないと考えると、ひどく絶望的な気持ちになるらしい。長安からの道中で、翠蘭に愚痴《ぐち》をこぼしたり、帰らせてくれと泣きながら訴えた宮女もいたほどだ。

そんなふうに宮女たちが我が身の不運を嘆《なげ》くばかりで、率先《そっせん》して翠蘭の世話を焼こうとしないように、翠蘭にも彼女たちを取り仕切る自信はなかった。

身の回りのすべてを他人に委《ゆだ》ねることはできかねる。空腹感を感じた時は、自分で料理を取りに行くのが早い。なければ作るのだ。誰かが運んでくれるのを、じっと待つ方が翠蘭にとって苦痛だった。

「そのことなんだが、道宗どの。宮女たちを長安に戻してやることはできないかな？」

「何をおっしゃいます⁉」

先ほどまで蒼白《そうはく》だった顔を、今度は赤く染めて道宗が怒鳴《どな》った。

「あの者たちは公主の世話係ですぞ！」

「分かってるよ。でも、吐蕃に行けば、吐蕃の女官がいるはずだ。無理をして唐の宮女を連れていかなくてもいいじゃないか。今日の事故で怪我《けが》をした者もいるだろう。陛下《へいか》には、わたしが文《ふみ》を書いてお許しを請《こ》おう」

「承服《しょうふく》いたしかねますな」

道宗は険《けわ》しい顔つきで拒否した。

「お世話係とはいえ、あの者たちは翠蘭さまお一人のものではありません。皇上《こうじょう》から吐蕃王への貢《みつ》ぎ物《もの》ですぞ。どうしても誰かを連れ帰れと仰せなら、私は尉遅《うっち》慧と劉朱瓔を選びます」

「慧と朱瓔を？」

「そうです。尉遅慧は唐の武官《ぶかん》といえど下位にして胡人《こじん》。しかも翠蘭さまに対して生意気な口を利《き》く。あの者の馴々《なれなれ》しさは吐蕃王の不興《ふきょう》を買いましょう。公主が男妾《おとこめかけ》を連れてきたと誤解されたらどうなさいますか」

「お…男妾《おとこめかけ》!? 慧は、わたしの護衛官だぞ!!」

「関係ありませんな。吐蕃王に、どんな印象を与えるかが重要なのです」

それに、と道宗が怒りにふるえる翠蘭に言い募《つの》る。

「公主《こうしゅ》第一の侍女《じじょ》は媵人《ようじん》。つまり宮女よりも格の高い側妾《そくしょう》となるべき女人《にょにん》です。それなのに翠蘭さまは、あのように足が不自由で貧相《ひんそう》な娘を選んでしまわれた。それも、また吐蕃王の機嫌を損《そこ》ねかねない由々《ゆゆ》しき問題ですぞ」

「道宗どの!! わたしの友人を侮辱《ぶじょく》するのも…」

「淑鵬《しゅくほう》どのが、どれほどお骨折りか、ご存じないようですな」

道宗が、翠蘭の父の名を口に上らせた。

彼は、この隊列において、慧と朱瓔の他には、翠蘭の出自《しゅつじ》を知る唯一《ゆいいつ》の人間だ。もちろん、長安で翠蘭と面識《めんしき》があったわけではないが、翠蘭の父の人となりは知っているらしい。

「父が何をしたんだ?」

翠蘭は、おそるおそる尋《たず》ねた。

心配そうに翠蘭の出立《しゅったつ》を見送った、悲しげで優しい瞳が心に浮かぶ。三歳から別々の屋敷で暮らしたが、父が翠蘭につらく当たったことはない。むしろ母親に疎《うと》まれる娘にあふれるほどの愛情を注いでくれた。

「尉遅慧と劉朱瓔の同行について、皇上《こうじょう》に陳情《ちんじょう》なさいました。それが、どういうことか、お分かりか？　このうえ、淑鵬どのの御名を傷つけるような真似《まね》をなさるな」

道宗が卑怯《ひきょう》ともいえる論理で、翠蘭を説得する。

「吐蕃王の正妃《せいひ》となられる翠蘭さまが、側妾の候補者でもある宮女たちに嫌悪《けんお》と敵対心を抱かれるのも分かります。しかし、そんな瑣末《さまつ》な問題に煩《わずら》わされず、翠蘭さまには唐の公主としての務めを果たしていただきたいのです」

「務め…？」

ぼんやりと翠蘭は繰り返した。

務めとは、公主として吐蕃王に嫁《とつ》ぐことではないか。

二年前に婚姻《こんいん》を課せられた時から、翠蘭はずっと努力してきた。吐蕃の言葉を覚え、裁縫《さいほう》も学んだ。裾《すそ》の長い服を着て、侍女たちの言うままに化粧《けしょう》も覚えた。

それもこれも、ただ公主としての務めを果たすためだ。

「よろしいですか、翠蘭さま？　先ほど、ディ・セルどのに伺《うかが》ったのですが、吐蕃王は河源《かげん》でお待ちになるそうです。けれど河源は、吐蕃ならぬ吐谷渾《とよくこん》の領地。そのような地で婚儀《こんぎ》を行ったとあらば、唐にとっては拭《ぬぐ》えぬ屈辱《くつじょく》となります」

翠蘭の気持ちを置き去りに、道宗は熱弁をふるう。

「どうぞ、ディ・セルどのに意見なさり、吐蕃の王都での婚姻《こんいん》をお命じくださいませ」

「わたしには、ディ・セルどのに命令する権利はないよ」

「何をおっしゃいます。翠蘭さまは吐蕃王の王妃《おうひ》となられる御方ではありませんか」

「宮女の処遇《しょぐう》も決められないのに、か」

翠蘭は自嘲《じちょう》ぎみに笑い、道宗を天幕から追い出した。

二、赤嶺の攻防

翌朝、翠蘭《すいらん》は人馬《じんば》の行き交う慌《あわ》ただしい気配に起こされた。隣には柔らかな巻き毛に顔をうずめた朱瓔《しゅえい》が横たわり、不安そうなまなざしで翠蘭を見つめている。

天幕の中に凝《こご》る冷《ひ》え冷《び》えとした空気は墨《すみ》色で、まだ朝日が昇りきっていないようだった。

「心配するな、朱瓔。様子を見てくる」

翠蘭は床《とこ》から滑り出ると、身支度《みじたく》を整えて天幕の外に出た。

東の空は淡い黎明《れいめい》の光に彩《いろど》られていたが、平原は白い靄《もや》の底に沈んでいた。靄の中を動く人馬の影は、かろうじて目に映る。

しかし、迂闊《うかつ》に靄の中へ踏み込めば、慌《あわ》ただしく動く馬に蹴《け》られるかもしれない。

翠蘭は、かすかな苛立《いらだ》ちを覚えて足踏みをした。

公主《こうしゅ》、公主と口うるさく言うわりに、道宗《どうそう》は隊列に起こった異変を報告しない。

皇帝の実の娘ではない翠蘭に尊崇《そんすう》の気持ちを抱けないのは仕方ないが、少なくとも隊列が構成された『要因』なのだから、相応の報告はあってしかるべきではないか。

それとも、些事《さじ》まで知りたがる翠蘭がおかしいのか。公主《こうしゅ》とは、水に落ちた花のように、風のなすがままに放蕩《たゆと》うていればいい存在なのか。

——冗談じゃない。

翠蘭は緩《ゆる》んでいた帯を締め直し、靄《もや》の中へ足を踏み出そうとした。その時、バサバサと鳥の羽音が聞こえ、やわらかなものが翠蘭の頬《ほお》をかすって地面に落ちた。

身を屈《かが》めて拾い上げると、大きな茶色い鳥の羽根だ。

この靄の中でも鳥は飛んでいるらしい。

翠蘭が指にはさんだ羽根をくるくる回していると、靄の向こうからサンボータが現れた。

「公主さま、お目覚めですか」

「なんの騒ぎだ、サンボータどの？」

翠蘭が問うと、サンボータは肩をすくめた。

「人足《にんそく》たちが荷物を盗んで逃げたようですよ」

「まさか…!?」

翠蘭が叫んだ直後、本当だ、と翠蘭の背後から慧《けい》の声が答えた。

靄の中から現れた慧の顔は、いつもより青ざめて見えた。しかし、もともと色が白いので、そんなふうに感じられただけかもしれない。短めに刈《か》られた金の髪には水の粒子《りゅうし》が宿り、きらきらと細かな輝きを放っていた。

「さっき確認を終えた。宮女も四人ほど逃げたようだ」

慧は感情のこもらない声で言う。

「とりあえず鄯州《ぜんしゅう》に使者が出された。どこに逃げるにしても、まず鄯州の町に戻るのが常道《じょうどう》だ。持ち去った荷物を金に換える必要がある」

「馬は盗まれなかったのか？」

「四頭ほど盗まれた。吐蕃《とばん》の方々《かたがた》の馬は無事だ」

「宮女たちは、人足に連れ去られたのか？」

「いや。自分の意思で逃げたんだ。宮女は皆が同じ天幕に休んでいた。そこから自分好みの女だけ選び、他の宮女に気付かれずに連れ出すなど無理だ。それに、彼女たちは自分の足で走れる」

「そうだな…」

翠蘭は、慧の言葉にうなずいた。

宮廷の女性職員たる宮女の身分にもいろいろあるが、翠蘭に付けられた宮女の大半は、公主の顔を知らない官婢《かんぴ》（宮廷奴隷《どれい》）だった。

官婢といっても連座制《れんざ》で市民権を剝奪《はくだつ》された良家《りょうけ》の子女もいるし、かどわかされて売られた地方豪族の娘もいる。高い教育を受けて礼儀作法《れいぎさほう》も身に着けているのに、彼女たちは死ぬまで王宮から出られない。

今回の吐蕃行きを、彼女たちはひどく嘆《なげ》いていたが、それを千載一遇《せんざいいちぐう》の好機《チャンス》に変えようとしても何の不思議もない。

同じく奴隷《どれい》階級である人足《にんそく》たちは言うに及ばない。

「どうも不穏《ふおん》な動きがあるようですね」

サンボータの笑いを含んだ声に、翠蘭ははっとする。吐蕃行きを厭《いと》うて逃亡したとなれば、とうぜん吐蕃の人々にとっては侮辱《ぶじょく》的な出来事と感じられるはずだ。

しかし、サンボータの顔は、むしろ楽しそうだった。

「ご心配はいりませんよ、公主《こうしゅ》さま。吐蕃にも女官《にょかん》はおりますのでね」

彼は、くすくす笑いながら、翠蘭たちのそばを離れていった。


一行が夜営地《やえいち》を発《た》ったのは、かなり日が高くなってからのことだった。

人数はぐっと減り、隊列の構成は大半を兵士が占《し》める。要するに、吐蕃入りした後、いかに遇《ぐう》されるかが分からない人々が行動を起こしたのだ。昨日、輿《こし》の転倒という事故に巻き込まれて怪我《けが》をした人足も、ほとんどが逃げ去っていた。

空模様は、昨日と打って変わって曇天《どんてん》だ。

灰色の雲が垂れこめた空には稲妻《いなずま》こそ見えないが、草を揺らして湿《しめ》り気《け》を含んだ強い風が吹き、雨の気配を濃厚に感じさせた。

「降りそうだな」

翠蘭の後ろにつけた慧が、独《ひと》り言《ごと》のようにつぶやく。

すると、さらに後ろから隣に並んだサンボータが、自信に満ちた声で慧の予想を否定した。

「降りませんよ。大丈夫《だいじょうぶ》です」

翠蘭は二人のやりとりから思い出すことがあり、ついサンボータと同じ馬に乗った朱瓔に目を向ける。朱瓔は翠蘭の視線を受け止めて首を傾《かし》げ、小さな微笑《ほほえ》みをこぼした。

おそらく彼女も翠蘭の祖父のことを思い出したのだろう。

雨が降ると隊商が動けなくなり、翠蘭の家の商売もいささか暇《ひま》になった。だから、祖父は雨の日には自宅で賭博《とばく》をすることを決めていた。それは、屋敷に滞在している商人たちへの接待の意味もあった。

実際のところ翠蘭には、祖父が本気で接待を考えていたとは思えない。彼は、常に真剣勝負の構えだったのだ。遠慮《えんりょ》なく相手を負かしにかかり、時には卑怯《ひきょう》な手を使いさえした。

『おい、朱瓔。占ってくれ』

決断の瀬戸際《せとぎわ》に立たされると、祖父はいつも朱瓔に求めた。

朱瓔も心得たもので、至極《しごく》あっさりと拒否をする。

『間に合いませんわ、旦那《だんな》さま。決断力も実力のうちですわよ』

お約束になった二人のやりとりを聞くと、卓に集《つど》った商人たちが笑い崩《くず》れる。その声を聞きながら、雨に煙る風景を眺めるのが翠蘭は好きだった。

もちろん長雨は困るのだ。商人たちの馬の手入れは翠蘭の仕事で、汗にぬれた体を洗ってやってもなかなか乾かない。運動不足で体が張って体調をくずす馬もいる。

けれど、たまの雨は心を遊ばせる時間をくれた。

「ガルさまがいらっしゃれば、確実なことが分かるんですけどね」

サンボータの穏やかな声が翠蘭を追憶から引き戻す。

「わが宰相《さいしょう》どのは、天候を読み取る達人ですよ」

「それが魔術の正体か？」

翠蘭が尋《たず》ねると、サンボータはわずかに顔を曇らせた。

「今は、魔術の話に向かない天候です。雲が晴れるまで、お待ちいただきましょう」

そう言い残してサンボータは馬を進め、隊列の前の方へと行ってしまった。

慧を質《ただ》そうにも、彼も馬を退《ひ》いてしまう。

どうして皆が散るのか、と翠蘭が不審に思った時、前方からやってきた道宗が馬を並べた。

道宗は、白い顎鬚《あごひげ》を揺らしつつ翠蘭に詫《わ》びた。

「今朝《けさ》は私の監督《かんとく》が至らず、大勢の賊《ぞく》を野に放つ結果になってしまいました。追っ手を出すための決断も遅れ、賊の一人、盗まれた荷の一つも取り戻せませんで…」

「道宗どのの責任じゃないよ」

翠蘭は、気のない調子で応《こた》えた。

彼が詫びるべき相手は吐蕃王。

そして唐《とう》の皇帝・世民《せいみん》。

この隊列の先端と後端《こうたん》を握った二人の支配者だ。

「昨夜の出来事は、ディ・セルどのも知るところだから、道宗どのが吐蕃王から咎《とが》められる心配はないだろう。皇上《こうじよう》にしても、ご自分の人選の失敗を、道宗どのになすり付けるような真似《まね》はなさらないはずだ」

「まことに、私の不徳《ふとく》の致す次第で…」

翠蘭の嫌《いや》みに腹をたてた様子もなく、道宗はしおしおと首を垂れる。

途端に、翠蘭はこの初老の武官《ぶかん》が気の毒になった。

言葉こそきついものの、彼は悪い人間ではない。祭祀《さいし》や礼法を司《つかさど》る礼部《れいぶ》省の長官が天職だと言われるほど、作法《さほう》と儀礼に対するこだわりが強いだけだ。

一方で、彼は武官としての側面も持っている。公主降嫁《こうしゆこうか》に際しての随行者《ずいこうしや》として、並々ならぬ責任を感じているのだろう。面子《めんつ》を重んじるのも仕方ない。

「昨夜、ディ・セルどのから聞いたのだが、あの山がドニデラか？」

許すという言葉の代わりに、翠蘭は前方にそびえる山を指した。

顔を上げた道宗は弱々しく微笑み、目を細めた。

「ドニデラ…。吐蕃の者たちは、そう呼ぶようですな。けれど、唐の者たちは赤嶺《せきれい》と呼びます。私は五年前、皇上の命令であの山を越えました」

「戦《いくさ》のために、か？」

遠慮《えんりよ》がちに尋ねた翠蘭に、道宗が顎《あご》を引く。

「そうです。しかし、相手は吐蕃ではありません。私たちは吐谷渾《とよくこんう》を討ちに参ったのです」

「吐谷渾…」

『河源《かげん》は、吐蕃ならぬ吐谷渾の領地』

昨夜、必死で訴えた道宗の言葉が、翠蘭の耳によみがえった。

「吐谷渾というのは、どういう国なんだ？」

河源での婚礼がなぜ唐にとって屈辱《くつじょく》なのかを直接問わず、翠蘭は概要《がいよう》の説明を求めた。唐の周辺には小国がひしめき、それぞれとの関係をさだかに知る事は難しい。それに、唐の武人たる道宗から一面的な捉え方を吹き込まれるのも避けたかったのだ。

「吐谷渾も遊牧民の国です」

ゆるやかな風に髭《ひげ》を揺らしつつ道宗が語り始める。

「百年も前には、この一帯から赤嶺の向こうの青海《せいかい》と呼ばれる地帯、それに西域《せいいき》への玄関口である陽関《ようかん》までも支配する大国だったと聞いております。しかし、次第に勢力が衰え、今では小国の一つに成り下がりました。それというのも、三代前の王が隋国《ずいこく》の同盟者《どうめいしゃ》であった兄を殺して王位を奪い、さらに兄の妻であった公主《こうしゅ》を我が者にしたためです」

「兄の妻と再婚したのか？」

「はい。本来ならば兄嫁《あによめ》は、兄の生没《せいぼつ》に拘《かか》わらず敬意をもって接するべき相手。それを我が者にしたのですから、公主の父君《ふくん》であられた文帝《ぶんてい》のお怒りは凄《すさ》まじかったと聞きます」

そこで、道宗は言葉を切って、わずかなためらいを見せた。

翠蘭には、道宗の逡巡《しゅんじゅん》の理由がよく分かった。

道宗の言うように、漢人《かんじん》の感覚では、一度嫁《か》した女はその家の家族と位置づけられる。だから、夫と死別しても、その家の血筋に当たる者との再婚など考えられない。それは近親姦《きんしんかん》に等しく、人倫《じんりん》にもとる行いと見なされるのだ。

しかし遊牧の民は、父や兄から財産を引き継ぐ際、生母《せいぼ》以外の女たちも自分の妃《きさき》や妾《めかけ》として引き継ぐことを習慣にしているという。

これは、漢人が遊牧民を嫌う理由のひとつだった。

そして、十四年前、この禽獣《きんじゅう》にも劣ると蔑《さげす》まれる行為を、唐の皇帝である世民が敢行《かんこう》した。彼は、弟・元吉《げんきつ》の正妃《せいひ》であった楊氏《ようし》を、自分の愛妾《あいしょう》に加えたのだ。

「文帝の怒りを受けた吐谷渾王はどうなった？」

先を促す翠蘭に、道宗がほっとした様子で続ける。

「五年前、唐への恭順《きょうじゅん》を示していた息子の順《じゅん》どのに殺されました」

「では、その順どのが父王の首をとって王になった？」

「それが、…吐谷渾の内部には親唐派と反唐派がありまして、王位についた順どのも、すぐに殺されました。今の王は、順どののご子息《しそく》の諾曷鉢《だくかつはつ》どのです」

「その諾曷鉢どのは、唐に敵対しているのか？」

翠蘭が尋《たず》ねると、道宗は腹立たしげな顔で首を振る。

「諾曷鉢どのは唐の同盟者です。父君の順どのも長らく漢土《かんど》に滞在なさり、一時は位を賜《たまわ》って皇帝に仕えた方ですから、その息子である諸葛鉢どのが唐に対して敵対しようはずもありません」

「でも、吐谷渾の内部には反唐派もいるのだろう？」

「はい。問題はそこなのです」

道宗の声が強まった。

「吐谷渾の先の王、順どのが即位を宣言なされた折、唐との同盟を快く思わない弟の尊王《そんおう》が、勝手に吐谷渾王を名乗り始めたのです」

「つまり、吐谷渾は二つあるわけか」

「左様《さよう》でございます。すでに尊王は没《ぼっ》し、息子のマガトゴン可汗《かかん》が跡を継いでおりますが」

「『河源《かげん》』は、マガトゴン可汗なる王が統《す》べる土地なのだな」

ようやく合点《がてん》がいった。翠蘭は何度もうなずき、導き出された答えを胸の中で吟味《ぎんみ》する。

おそらくマガトゴン可汗率《ひき》いる吐谷渾は、吐蕃を後ろ盾《うしろだて》にしているのだ。

けれど唐は、諸葛鉢率いる吐谷渾を押し立て、マガトゴン可汗の存在を認めない。

認めるわけにはいかないのだ。大国であれ小国であれ吐谷渾が領土とする土地は、少し手を伸ばせば西域に届く位置にある。

吐谷渾の領土がすべてマガトゴン可汗のものになれば、唐は後々、吐蕃と西域の利権を争う羽目になりかねないだろう。

そう――吐蕃に松州を押さえられた時も、世民は西域攻略を睨《にら》んでいた。

ちょうど隋末《ずいまつ》の内乱が鎮圧《ちんあつ》され、国力が隆盛《りゅうせい》していく時期のことだ。世民は、はるか大食《タージ》や天竺《てんじく》からもたらされる利潤《りじゅん》を、すべて唐の国庫《こっこ》に引き込みたいと願っていた。

そのためには、唐から西域へ出るための玄関口に当たる玉門関《ぎょくもんかん》から目と鼻の先にあり、唐に対して反抗的な態度を取り続けるオアシスの王国、高昌国《こうしょうこく》を叩きたかった。

二年前の世民は、その準備のために兵力を使いたがっていた。松州《しょうしゅう》への吐蕃侵攻は、世民にとっては些事《さじ》だった。

しかし、松州を切り捨てることもできなかった。

皇太子たる兄を殺して帝位についた世民は、皇帝失格の烙印《らくいん》を押されることを何よりも恐れていた。唐の国民が世民を皇帝として認めるのは、彼が内乱をおさめた英雄であり、唐の国力を回復させた政治家だからだ。

世民は、勝ち続けることでしか、自分の正当性を示せなかった。

西域への出兵《しゅっぺい》と松州の奪還《だっかん》について悩む世民にとって、公主《こうしゅ》の降嫁《こうか》を願う吐蕃の申し出は渡りに舟だったはずだ。しかも相手は臣下の礼を取りたいと言った。

そして、翠蘭が選ばれた。

『結婚には釣り合いが大事だ』という唐の社会の基準に基づいて。

——臣下と思うなら、わたしのことも臣下の娘だと言えばいいじゃないか。

翠蘭は腹立たしく思う。

一方で、吐蕃を怒らせたくない世民の心情も理解できた。

　余計な怒りは買わないに限るのだ。翠蘭自身、世民を怒らせたくなくて偽公主《にせこうしゅ》を引き受けた。世民には、翠蘭の家族すべてを無実《むじつ》の罪で断罪するだけの権力がある。

「河源で婚礼を行えば、唐がマガトゴン可汗の吐谷渾を認めたことになる、と思うか？」

　翠蘭は真剣に道宗を質《ただ》した。

　やぎひげの老将は思案《しあん》めかした顔になり、短い沈黙の末に頭を振った。

「そこまでは深刻な事態ではないでしょう」

「昨夜と言っている事が違うじゃないか」

「はい。考えたのですが、マガトゴン可汗の母君は、吐蕃王の姉君にあたられる方と聞いております。そのあたりを使えば、吐谷渾という国名自体をこの一件から除いてしまえるかもしれません。義姉《ぎし》に礼を尽《つ》くすのは、漢人にとって美徳ですからな」

　建前の美徳に意味があるのか、という反論を、翠蘭は苦労して飲み込んだ。


　風が髪を揺らし、頬《ほお》をなでた。

　その冷たさに驚いてわれに返り、顔を上げた翠蘭の目を朱紅の光の矢が刺した。

　いつの間にか道はかなりの勾配《こうばい》になり、はるか前方にそびえていたはずの峰《みね》が近付いている。とはいえ、まだ遠い稜線《りょうせん》にかかる太陽は昼間の熱を失いつつも、直視できないほどの輝きを放っていた。

翠蘭の周囲の風景は、黒く沈んだ色合いに変わっている。

日中のうだるような暑さは影をひそめ、夕刻の寒気が静かに馬の足下《あしもと》から這《は》い昇ってきた。

ふと気が付くと、厨子《ずし》を背負った陽善《ようぜん》が翠蘭の馬の轡《くつわ》を取っている。

馬上で居眠りでもしたか、と恥ずかしくなり、翠蘭は口早に詫《わ》びた。

「手間を取らせて申し訳ない」

すると、陽善は首を巡らせて、さわやかな笑顔を見せた。

「とんでもございません。失礼ながら、公主さまにおかれましてはお疲れのご様子ですね。かく言う私も、いささか疲れました。昨夜は怪我《けが》をした者たちの手当てに奔走《ほんそう》しましたが、夜が明けてみれば皆、いずこへか逃げ去っているのですから」

「そうだな。心を尽くした甲斐《かい》がないというものだ」

笑いを含んだ陽善の愚痴《ぐち》に、翠蘭も苦笑した。

翠蘭は最初、僧の同行など考えていなかった。そんな翠蘭に助言したのは、吐蕃の宰相《さいしょう》、ガルだった。吐蕃には仏教がない。心の支えが欲しければ、降嫁《こうか》の隊列に僧侶《そうりょ》を加えるよう、皇帝に頼んでおいた方がいい、と彼は言葉を尽くした。

もちろん、あからさまな言い方ではなかったが、たいていの唐の人々と同じように寺に詣《もう》で、僧に対して尊敬の念も持っていた翠蘭は、自分の人生から仏教が消えるのを悲しく感じた。世民に願い出て、僧の同行を頼もうかとも考えた。

しかし一方で、同行者は少ない方がいいとも思っていた。

吐蕃への同行を命じられた人々が、一様に激しい嫌悪《けんお》を示したからだ。それに、どことなくガルに言いくるめられた気もした。

『僧の同行は求めません』

そう答えた翠蘭に、ガルは何故《なぜ》です？　と尋《たず》ねた。

翠蘭は少し考え、当たり障《さわ》りのない返事をひねり出した。

『吐蕃にも、皆さまの信じる神がおられましょう。わたしは、その神に従います』

すると、ガルは口許《くちもと》を弛《ゆる》め、口先で同意を示した。

数日後、翠蘭は僧が吐蕃へ同行することを知り、なぜか敗北感を覚えた。

けれど、今となってみれば、陽善たちが同行してくれてよかったと思う。

この隊列には医師がいないのだ。

僧たちは医師ではないが、一般の者に比べればはるかに知識を持っている。

すでに逃げ去ったとはいえ、怪我《けが》をした宮女や人足《にんそく》に適切な治療ができたことは、翠蘭にとって心安らぐ事実だった。

「人足たちの怪我は、どんな具合だった？」

「幸いにも骨の折れた者はおりませんでした。臓腑《ぞうふ》に不具合を覚える者もおらず、皆、供された食事を残さず平らげました」

「そうか。よかった」

翠蘭が安堵《あんど》の息をつくと、陽善は不思議そうに目を細めた。

「それにしましても、あの人足の話は何だったのでしょうか」

「ああ、足を掴《つか》まれたという話だな」

昨日、陽善から話を聞いた時、翠蘭は意味が分からなかった。

体を横たえていたり、水の中にいるのならともかく、草原の真ん中を歩いていて、だれに足を掴まれたというのか。もし実際に足を掴んだ者がいるとしても、隊列をなしていたのだから、掴んだ人間も、後ろから歩いてくる人か馬に踏まれる羽目になる。

考え込む翠蘭に、陽善がそろりと言った。

「…私は幻覚だと思いますが、吐蕃には、魔術師なる人々がいると聞きましたので…」

「うん。魔術師の話は、わたしも聞いている」

「詳しくは存じませんが、道士《どうし》や方士《ほうし》のように、鬼神《きしん》や妖《あや》しの術を使う者どもでございましょう。そうした者ならば、あるいは人足の足を掴む事が可能かもしれません」

「だが、人足の足を掴んでどうする？　宮女や人足に怪我をさせるためか？」

「それは、私には…」

陽善が言葉を濁《にご》した。

翠蘭も、彼に答えを求めた自分を恥じた。

魔術という耳慣れない言葉は、吐蕃人のものだ。彼らは、それについて語ろうとしない。仮に、公主《こうしゅ》の降嫁《こうか》について、吐蕃王の周辺では意見が割れているとしても、それは陽善には与《あずか》り知らぬ異国での出来事にすぎなかった。

陽善が退《さ》がると、今度は彗が馬首を並べてきた。

「白坊主《しらぼうず》と、なに喋《しゃべ》ってたんだ？」

ぶっきらぼうな彗の問い掛けに、翠蘭はきびしい視線を投げた。

「白坊主じゃない。陽善どのと呼べ」

「いやだね。俺は坊主は嫌いだ。偉そうなことを言うくせに、何の役にもたたない」

「陽善どのは、昨日の事故で怪我《けが》をした者たちを助けたぞ」

「それで根こそぎ逃がしていれば世話はない」

彗が吐き捨て、前方の稜線《りょうせん》に目を移した。

「それよりも、少し先で夜営《やえい》を始めるらしい。山の中腹で天幕を張るそうだ」

「山を越えてしまえばいいのに」

「そうしたら、下りの中腹で天幕を張ることになる」

結局は同じだ、と言外に指摘され、翠蘭は頰《ほお》を染めた。

直後、肩のあたりに刺すような視線を感じて顔を上げた。

視線は正面、坂を上り詰めた稜線あたりから向けられてくる。

翠蘭は、手をかざして西日を避けつつ、視線の主を探した。

しかし、あまりに眩《まぶ》しくて、そちらを直視することができない。眩しさで滲《にじ》み出した涙が、山の背とともに先頭を行く馬の尾さえも霞《かす》ませた。

「どうした、翠蘭？」

心配そうに尋《たず》ねる慧には答えず、翠蘭は馬に鞭《むち》を入れた。

昨日は、感じた視線を気のせいだと思うことができた。

けれど、今度の視線は本物だ。

どんな意図《いと》をもった視線かは知らないが、たしかに生きた人間が翠蘭を見つめている。

鞭により前進を促された馬は、重い足取りで走り出した。

蹄《ひづめ》が音をたてて土を打ち、薄い土煙《つちけむり》を巻き上げる。

「待て、翠蘭！」

慧の制止も聞かず、稜線に向かって翠蘭は馬を走らせた。隊列の人々の驚いた顔が視界の端を流れ過ぎ、久し振りに味わう疾風《しっぷう》が翠蘭の首筋を撫《な》でていく。

束《つか》の間《ま》、翠蘭は当初の目的を忘れた。

このまま駆けていきたいと思った。

その時には、もう視線は消えていた。

稜線にあるのは何もかもを赤く染め上げる大きな夕日だけだ。追いかけてきた慧が、馬を止めた翠蘭の隣に並び、何か小さな声でつぶやいた。

予想外に早く日が沈み、一行は予定通り、山の中腹で夜を明かすことになった。

人数こそ少ないが、昨夜に比べれば格段に穏やかな一日の終わりだ。

吐蕃の従者たちは天幕を張り、唐の兵士は自分たちの敷布《しきふ》を用意する。手の空《あ》いた者は火を起こし、大鍋《おおなべ》に水を張って温かい羹《スープ》を作った。

「サンボータさまは奇妙な方ですね」

翠蘭に羹《スープ》の入った椀《わん》を差し出し、陽善が控え目な調子で言った。

「どんなところが奇妙だと思う?」

椀を受け取りながら、翠蘭は陽善に問うた。

今夜は鍋《なべ》をかけた火の近くに陣取《じんど》った。天幕の中では、腰の痛みを訴えた朱瓔が休んでいる。翠蘭は看護を申し出たが、一人にしてほしいと頼まれた。

それに、いつもは口うるさい道宗が、今夜に限って皆との同席を翠蘭に勧めた。

夕刻、突然に馬を走らせた翠蘭に驚いたのかもしれない。

その道宗は今、吐蕃の大臣たちと、ひとつの天幕に集まって協議している。

つまり、聞き耳をたてている者はいないということだ。

そんな気安さからか、陽善の口も軽《かろ》やかだった。

「サンボータさまは、私にいろいろとお尋《たず》ねになりました。人足《にんそく》の話を気にしておられるご様子ですが、やはり私には魔術など信じられません」

「だが、場所が違えば、住んでいる人間も違うぞ」

翠蘭《かんど》のそばに寄った慧が、立ったまま羹を食しながら口をはさんだ。

「漢土の人間が知らない術や鬼神《きしん》もいるだろう」

慧の腰に吊《つ》られた長剣の先が、ちょうど陽善の肩に触れ、清楚《せいそ》な容貌《ようぼう》の青年僧は顔をしかめて横へ移動をした。

「ああ、すまないな」

わざと嫌がらせをしたくせに、慧はすました顔で詫《わ》びる。

陽善は微笑で謝罪を受け流した。

「それにしましても夕刻、公主《こうしゅ》さまは、どこへ向かわれるおつもりだったのですか？」

「山の上に誰かいたんだ」

翠蘭は抑えた声音《こわね》で答えた。

しかし、翠蘭の答えを聞いた陽善は、またしても納得できないという顔になる。

「失礼ながら、あの時はまだ山の頂《いただき》も遠く、人の姿が見える距離ではありませんでした。もしや公主さまも某《なにがし》かの術の心得をお持ちなのですか？」

「いや、何もできないが、気配を感じた」

「気配でございますか。けれど、距離が遠いという条件は、稜線《りょうせん》にいた人物にも同様でございましょう。それは、つまり公主さまや隊列を見ていたわけではなく、ただ立っていたに過ぎないのではありませんか？　風にそよぐ夏草や、獣《けもの》ということも考えられます」

「そうだな」

「だが、遊牧の民は目がいい」

同意を示した翠蘭に、横合いから慧が反論した。

「彼らは文字を持たないから書物を読まない。逆に、広い草地に放った家畜を危険な獣《けもの》から守らなければならない。だから、遠くにあるものを見分ける力が優れている」

「では、吐谷渾の民かな」

何の気なしに翠蘭がつぶやくと、陽善が笑いをこぼした。

「それならばご心配はいりません。吐谷渾は、唐《とう》の臣下たる国ですから」

そう言うと、陽善は立ち上がり、落ち着きのない物腰で焚《た》き火《び》から離れていく。

そんな陽善の背中を見送り、慧が溜《た》め息《いき》混じりに評した。

「やはり白坊主《しらぼうず》は胡乱《うろん》な奴だな」

翠蘭は苦笑して、赤く燃える薪《まき》を見つめた。

真っ赤な炎をまとう薪は、時おり細い煙を吐きながら赤玉のように輝いている。透明感のある赤と、周囲を彩《いろど》る金に、翠蘭は意識まで吸い込まれそうな心地《ここち》になった。

その時――。

炎の奥で、何かが動いた。

生命あるものは決して息づけない灼熱《しゃくねつ》の空間で、『それ』は蠢《うごめ》いたのだ。

最初は不自然に黒い小枝のように見えた。

しかし、やがて人の形をしていると分かる。

手のひらに乗るほどの小さな人影――『それ』は、四肢《しし》を激しく動かしながら踊っていた。

翠蘭の他は、だれもその事実に気付いていていない。

「慧…っ！」

悲鳴に似た声で、翠蘭は慧を呼んだ。

無意識に口許《くちもと》に押し当てた両手が、自分の声を封じていることにも気付かない。

半《なか》ば腰を浮かせ、眼前の異変から逃れようとするのに、両足はその場に縫《ぬ》い止められたように動かなかった。

炎の奥で踊る人影は、見る間に大きさを増していく。

「こっちだ！」

慧が、翠蘭のひじを摑《つか》み、渾身《こんしん》の力でひっぱった。

直後――。

踊る人影は、天に届くほどの大きさになった。

上に向かって突き上げられた両手に弾《はじ》かれ、煮えたぎった羹《スープ》の入った大鍋《おおなべ》が宙を飛ぶ。真っ赤に熱せられた薪が飛び散り、焚き火の周囲に集った人々の頭上から降りかかった。

人々は驚愕《きょうがく》の叫びを放ち、我先に突然の出来事から逃れようとした。

「朱瓔が天幕に…」

「だめだ!!　頭を上げるな！」

翠蘭の頭を横切る疑問ごと、慧が冪䍦《マント》包み込んだ。呼吸のための隙間《すきま》さえも考慮《こうりょ》されず、翠蘭はほとんど担《かつ》がれる格好でその場から遠ざけられる。

それは永遠にも等しく長い時間に感じられた。

岩陰で解放されて、異変の起こった地点に視線を戻した時には、野営地《やえいち》からかなり離れた場所にいた。

黒い影の踊り子は、もう消えている。

飛び散った薪《まき》の火がきらきらと闇に輝いていた。

異変の原因が分からず、右往左往《うおうさおう》する兵士の声が響く。天幕から飛び出してきた武官《ぶかん》が、荒っぽい調子で説明を求めている。そんな中で茫然《ぼうぜん》と立ちすくむ宮女《かんにょ》の姿が、別の焚《た》き火《び》に照らされて見えた。

「戻ろう、慧。朱瓔を助けないと…」

「待て、翠蘭！」

ふらふらと立ち上がりかけた翠蘭の腹に手を回し、慧が乱暴に引き寄せる。

咄嗟《とっさ》の反発が心に沸《わ》いたのも束《つか》の間《ま》――。

突然に数基の天幕が燃え上がり、兵士たちの口から新たな叫びが放たれた。

兵士たちは天幕の火を消そうともせず、何かを払いのけようと手足を振り回す。中には剣を抜いて空《くう》を斬《き》る者もいる。

しかし、兵士の周りには何もない。

それなのに、胸をかきむしり、絶叫して倒れる兵士もいる。

馬に飛び乗って野営地から離れようとする者もいた。だが、さほどもいかないうちに、鞍《くら》のない馬の背から転がり落ちて動かなくなった。

「何なんだ…⁉」

「頭を下げていろ‼」

慧が怒鳴《どな》り、翠蘭の頭を押した。

その力に抗《あらが》い、翠蘭は岩陰から身を乗り出した。

今度こそ本当に、稜線《りょうせん》に誰かいる。

そう思った瞬間、大地を揺るがす轟音《ごうおん》とともに、数騎の群れが斜面を駆け下ってきた。

騎馬の群れは旗印も掲げず、陣形も整っていない。けれど、互いの進路を阻《はば》むことなく、全速力で野営地に駆け込んだ。

この突然の奇襲に、恐慌《きょうこう》状態の兵士が対応できるはずがなかった。

彼らは右往左往するばかりで、まったく護衛の任を果たしていない。それどころか散《ち》り散《ぢ》りに逃げていく。

騎馬の群れは、そんな兵士たち間を縦横無尽《じゅうおうむじん》に駆け回った。

消え残った薪を踏む馬たちの足下《あしもと》で火の粉《こ》が散った。ともすれば大きな臀部《でんぷ》がぶつかりあうが、本来は臆病《おくびょう》なはずの馬たちは落ち着いて鞍上《あんじょう》の指示に従っていた。

騎馬の人々は皆、馬を動かす技に熟達《じゅくたつ》していた。

「盗賊《とうぞく》の類《たぐい》じゃないな」

慧がつぶやいた。

頭を押さえられた翠蘭は、かすれた声で慧に問う。

「盗賊《とうぞく》じゃないなら何だ⁉」

「それが分かれば、こんな処《ところ》には隠れていない」

焦燥《しょうそう》に駆られた翠蘭の一言を、慧が一蹴《いっしゅう》した。

その直後、絹《きぬ》を裂《さ》くような悲鳴が夜の平原に響き渡った。

わたくしは違います、と――、とぎれとぎれの訴えが喧騒《けんそう》をつきぬけて届く。

「朱瓔っ！」

翠蘭は、慧の手を降り払って岩陰から飛び出した。

背後で慧の手が空《むな》しく宙を摑《つか》む。そんな気配も感じたが、構わなかった。

騎馬の群れは野営地《やえいち》を離れて、山の頂《いただき》へと駆け上がる。

そんな中に、翠蘭は見たのだ。

いや、視覚ではなく知覚で気付いた。

朱瓔が馬上に捕らえられている――。

こんな場所で、誰とも知れない相手に連れ去られたら、二度とは生きて朱瓔に会えない。

とにかく朱瓔を取り戻さねば、と翠蘭は焦《あせ》った。

野営地に駆け戻った翠蘭は、手近にいた馬の手綱《たづな》を捕らえ、一息に飛び乗った。

裸馬《はだかうま》だが、手綱《ひとむち》があれば動かせる。

肩に平手《ひらて》で一鞭くれると、恐慌《きょうこう》をきたしかけていた馬は、すぐに翠蘭の指示に従い、朱瓔をさらった馬群《ばぐん》を追い始めた。

遠くに霞《かす》む馬群を追うのは、さほど難しくなかった。一騎になった馬は、仲間に追いつこうと必死で走る。

問題は、馬任せの翠蘭が、予期せぬ事態にどれほど対処できるか、ということだった。

馬が石に足を取られれば、前方に投げ出される危険がある。

馬と一緒《いっしょ》に転べば、そのまま馬体に押しつぶされる危険もある。

けれど翠蘭には、馬の足下《あしもと》を確かめて進む余裕《よゆう》がなかった。前を行く馬群は飛ぶがごとき速さで、一瞬でも気を抜けば闇に溶け込んでしまいそうだ。

勾配《こうばい》を一気に駆け登り、山の背を越えた馬群は、道を外れて左手の岩場へ走り込んだ。

翠蘭も馬なりで後に続いた。

左右に切り立った岩壁《がんぺき》がそびえる間道《かんどう》は、おおいかぶさるような形をした岩のせいで月の光も届かない。漆黒《しっこく》の闇に駆け込むのは桁外《けたはず》れの勇気を要した。それでも、躊躇《ちゅうちょ》している余裕はなかった。翠蘭は恐怖を振り捨てて間道へ切り込んだ。

どのくらい走っただろうか。

うっすらと汗をかいた頃、耳元で渦巻《うずま》く夜の風に重なり、水の流れる音が聞こえてきた。

朱瓔をさらった馬群は、岩場の間道を抜けて川辺で動きを止めた。水音の響き具合から、相当に流れの激しい川のようだ。

岩場の左右には灌木《かんぼく》の茂みがあった。

少し手前で馬を降りた翠蘭は、自分の帯を解いて馬の両前肢《ぜんし》をつなぐ。こうしておけば立つのに不自由はなく、勝手に走り出す心配もない。馬にとっては迷惑な処置だが、空馬《からうま》で賊《ぞく》のもとに駆け込ませるわけにはいかなかった。

処置を済ませた翠蘭は、茂みの陰に身をひそめて様子を窺《うかが》った。

慣れた様子で馬から降りたのは、異国の衣服を身に着けた六、七人の男たちだ。

「公主《こうしゅ》どののために火を起こせ」

一人の男が悠々《ゆうゆう》たる口調で命じた。

その一言で、翠蘭は彼らの出身地を知った。

男が口にした言葉は、吐蕃語だったのだ。

「タンカル。あるだけの毛皮を敷いて公主の座を用意しろ」

「酒は召し上がりませんかね？　唐の衣服は、いかにも寒そうです」

手早く火を起こす男の側で、毛皮を敷きながらタンカルと呼ばれた男が尋《たず》ねる。

朱瓔を抱えた男は、どうだろうな、とつぶやいた。

やがて、小さな焚《た》き火《び》が作られ、蒼白《そうはく》になって震える朱瓔の姿を照らし出す。

「朱瓔…」

翠蘭は唇をかみ、食い入るように男たちを見つめた。

ゆったりと膨《ふく》らみのある袖《そで》のシャツと革の上着、ふくらはぎを覆《おお》う革の長靴《ブーツ》。中には毛皮を身に着けた者もいる。彼らがまとう衣装《いしょう》は、やはり吐蕃人のものだ。

翠蘭とて吐蕃人の服装に詳しいわけではない。

しかし、彼らの格好は、サンボータが披露《ひろう》してくれた伝統的な服装に酷似《こくじ》していた。もっとも彼らが吐蕃人だと分かっても、大した役には立たない。今、いちばん必要なのは剣だ。翠蘭は空手《からて》で彼らを追って来た自分を激しく悔《く》いた。

できるなら、すぐにでも飛び出して朱瓔を助けたい。

だが、剣の一振りも持たずに、複数の男を倒せるとも思わない。

彼らは皆、強そうだった。それぞれに体型の差はあるものの、無駄《むだ》に太った者は一人もいない。総じて背が高く、動きは機敏だった。

だからといって悠長《ゆうちょう》に様子を眺めてもいられない。

彼らの目的が何なのか、翠蘭には見当もつかないのだ。

朱瓔の身に何かあってからでは遅すぎる。

翠蘭は焦躁《しょうそう》に駆られて体を浮かせた。

その時、後ろから伸びてきた手が、翠蘭の口をふさいだ。

どっ、と全身から汗が吹き出す。

「しっ、静かに。俺だ、翠蘭」

耳に吹き込まれたのは、押し殺された慧の声だった。

翠蘭は、安堵《あんど》と驚きでへたりこみそうになる。それでも自分を励《はげ》まし、そっと体の向きを変えると、そこには怒りもあらわな慧の顔があった。

「どうして、こんな無茶をする⁉」

「朱瓔を助けにきただけだ‼」

「一人で七人も相手にする気か？」

「慧がいるから一人じゃない」

最低の論理で反論し、翠蘭は男たちの方へ向き直った。

川辺では焚《た》き火《び》と敷布《しきふ》の用意が整い、中央に立った男が朱瓔に話しかけるところだった。

「唐の公主《こうしゅ》どの。まずは我らの無礼をお詫《わ》びします」

男は、いささか怪しげな漢語《かんご》で、腕の中の朱瓔に話しかけた。

「心配しなくとも、危害を加える気はありません」

「危害を加える気はないそうだぞ」

戻ろう、と慧が翠蘭の腕を引いた。

だが、翠蘭は手を振り払うことで、慧の楽観的な主張を退ける。

吐蕃人の男が、逃げないように、と朱瓔に忠告し、彼女の足を地面に下ろした。

途端に、朱瓔の体がくずおれる。

「朱瓔っ！」

翠蘭は叫び、そのまま岩陰から飛び出した。

「ばか‼」

呆《あき》れ声で怒鳴《どな》り、慧も立ち上がった。

当然のことながら、男たちの視線は翠蘭と慧に集まる。いや、おおかたの視線は慧に向けられていた。彼は剣を吊《つ》り、いかにも武官然《ぶかんぜん》とした格好だからだろう。

中央にいた男は再度、朱瓔を抱き上げ、さほど動揺《どうよう》したふうもなく問うた。

「おまえたちは公主どのの臣下だな？」

「そういうおまえは何者だ!?」

翠蘭は怒りをはらんだ声で問い返し、居並ぶ男たちを忙《せわ》しく見渡した。

男たちの中でいちばん小柄《こがら》なのは誰か。

年が若くて、修羅場《しゆらば》になれていない人物はどこか。

彼らは皆、革製の帯を巻いて、そこに大小二振りの剣を差している。翠蘭は、とにかく武器がほしかった。

そんな翠蘭の考えを察したのか、慧が半歩前に出た。

「リジムさま、こいつらは胡人《こじん》でしょう」

朱瓔を抱えた男——リジムを半身でかばい、他の男が口を開いた。その手には反《そ》りのある短剣が握られている。少し遅れて、別の男も前に出てきた。

「そうです。唐の軍隊に女の武官はいません」

口早に告げた男の言葉に、リジムがにやりと笑った。

焚き火の火を受けて、闇に白い歯が光る。

「公主どのの侍女《じじょ》だ」

リジムは鷹揚《おうよう》に断じ、腕の中の朱瓔に尋《たず》ねた。

「そうですね、公主《こうしゅ》どの？」

「…そうです」

朱瓔が、自分を抱えた男《リジム》の言葉に、か細い声で応《こた》えた。

「わ…わたくしに用ならば伺《うかが》います。…この者たちには手出ししないでください…」

「おとなしくしているよう、二人に命じていただけますか」

「は…い。こ…この方たちに逆らわないように…」

朱瓔は今にも失神しそうに見えた。翠蘭よりもよほど世慣《よな》れた娘だが、疾走《しっそう》する馬の背に囚《とら》われたせいで、体にひどい負担がかかったのだろう。

翠蘭の胸に、ふたたび怒りが宿った。

しかも、吐蕃人の男たちは、翠蘭と慧の手を縛《しば》ろうとする。

男の手が手首に触れた瞬間、翠蘭は逆に男の手首を摑《つか》んだ。間をおかずにねじ上げ、ひるんだ男の腹に肘《ひじ》を打ち込む。ついでに足払いをかけると、油断していた男の体は地面に転がった。

しかし、倒れた男はすばやく剣を抜き、翠蘭を近付けないまま立ち上がった。

他の男たちも次々に剣を抜き、翠蘭と慧に迫る。

慧が嘆息《たんそく》して、自らも剣を抜いた。

その瞬間、場の空気が一変した。

「とにかく話し合いたい」

無感情に求める慧の声に、焚《た》き火《び》の音が重なる。

吐蕃人の男たちは静まり返っている。

「俺の言っていることが分かるか？」

慧は、朱瓔《リジム》を抱いた男に問いかけた。

男は答えなかったが、その表情から漢語《かんご》を理解していると知れた。

だが、翠蘭は話し合いなどできないと思った。彼らは奇妙な術を使って兵士を混乱させたうえ、野営地《やえいち》に駆け込んで朱瓔《リジム》をさらい、助けにきた翠蘭にも彼女の身柄《みがら》を渡さなかったのだ。

他の男たちも慧の漢語が解せないのか、殺気を抑えようとはしていない。

それどころか、翠蘭の近くにいた男が、そろりと手を伸ばした。

翠蘭は、その手をかいくぐり、男の膝《ひざ》を拳《こぶし》で殴《なぐ》り付けた。決定的な痛手を負わせるには至らなかったが、男は呻《うめ》き声を上げて地面に座り込んだ。すかさず、翠蘭は男の顎《あご》を爪先《つまさき》で蹴《け》り上げ、続けて手首を踏み付けると剣を奪いとった。

居並ぶ男たちの間にざわめきが走った。

「よせ、翠蘭!!」

慧の制止の声が飛ぶより早く、翠蘭は別の男と斬《き》り結んでいた。とはいえ、正面から押し合って勝てるはずがない。相手が踏み込んできた直後に、翠蘭は圧力を受け流し、男の股間《こかん》に足の甲を打ち込んだ。

この卑怯《ひきょう》な攻撃に、男は悶絶《もんぜつ》して地面に倒れ込む。

ざわめきが罵声《ばせい》に変わるかと思いきや、残った男たちは口を閉ざして唇を引き締めた。

二人倒したせいで却《かえ》って状況が悪くなった、と翠蘭は悟った。

けれども、ここで引くわけにはいかない。

「朱瓔を返せ!! 話があるなら、正面から来るものだ!」

怒声《どせい》で自分を力づけて、翠蘭は次なる一歩を踏み出した。

いちばん近くにいたのは、男たちの中でもっとも小柄《こがら》な少年だった。これなら互角《ごかく》に戦える、と思った瞬間、見えない手が翠蘭の背中を打った。

「っ…ふ、…っ」

息が詰まり、翠蘭は足をよろめかせた。

視界の端に、別の男の手に渡される朱瓔の姿が見えた。

「チュツァリ!! 侍女《じじょ》どのを傷つけるな!」

先程まで朱瓔を抱えていた男――リジムが少年に指示を飛ばす。

少年は、承服《しょうふく》しかねる顔つきになったが、素早く退いて大柄《おおがら》な青年に場所を譲《ゆず》った。

「無傷で捕らえろ、キフル!!」

「そいつは雪豹《ゆきひょう》を捕まえるくらい難しそうですぜ」

大柄な青年は不敵に笑い、翠蘭と対峙《たいじ》する。

そこへ、横合いから慧が滑り込み、長剣で青年に斬《き》りかかった。

「翠蘭、逃げろ!!」

「だめだ、朱瓔を置いていけない!!」

翠蘭は朱瓔に向かって走った。

朱瓔を抱えた男は、川を背にして立っている。

手前には、リジムと呼ばれた男がたたずみ、じっと翠蘭の動きを凝視《ぎょうし》していた。

彼の目は、――翠蘭をためらわせた。獲物の狙う獣《けもの》のような鋭さを感じさせる反面、月を映す夜の水面《みなも》のごとき静けさも同居している。

ふ、と翠蘭は、自分が間違いを犯しているような気がした。

その一瞬の迷いが翠蘭の動きを鈍《にぶ》らせた。

切れのない動きで足を進めた翠蘭は、半端《はんぱ》な心持ちで剣を繰《く》り出した。実際に戦場で戦った経験もなく、人を殺したこともない翠蘭の行為は危険に満ちていた。

「リジムさまっ!」

チュツァリと呼ばれた少年が叫び、直後、空気の塊《かたまり》が翠蘭にぶつかった。

痛みと衝撃で剣を取り落とした翠蘭は、そのまま数歩、横に動いた。

そこに翠蘭の意志はなく、ただ力の慣性《かんせい》だけが働いている。足許《あしもと》は定まらず、途中で踏み止《とど》まるのも不可能だった。

ふらふらと川岸まで動いた翠蘭は、足をすくわれる感覚の後、宙に投げ出された。

直後、何か熱いものが手首に触れた。

だが、その正体を確かめる余裕《よゆう》はない。

ざん、と耳元で水が鳴り、激痛が全身を貫《つらぬ》いた。

川に落ちたのだ――。

それは、理解できた。けれど、流れが激しすぎて上下の別が分からない。低すぎる水温のせいで、手足が痺《しび》れた。

それでも、二、三度は手足を動かしたと思う。

その間にも、水は容赦《ようしゃ》なく翠蘭の体を押し流す。

鼻からも口からも水が入り込み、たちまち呼吸が圧迫された。

苦しい、と翠蘭は頭の隅《すみ》で考えたが、その思考さえも、すぐに闇に飲み込まれた。

三、下流の旅

――どこかで鳥が鳴いている…。

浅い夢にたゆといながら翠蘭《すいらん》は考えた。

吐蕃《とばん》に嫁《とつ》がないか、と世民《せいみん》に問われた時も、王宮の庭で鳥が鳴いていた。もしや、まだ世民の話を聞いている最中なのだろうか。長安《ちょうあん》を発《た》ってからの出来事は、すべて翠蘭の妄想《もうそう》にすぎないのではないか――そう思う。

けれど、頭の片隅《かたすみ》では解ってもいた。

吐蕃への旅は現実だ。ただ途中で予期せぬ事件が起こり、方向を違《たが》えただけだ。

――それにしても、寒い…。

翠蘭は全身に冷えを感じて、夜具《やぐ》を引き上げようとした。

だが、いくら引いても、肩口を包む温かさは得られない。それに体を覆《おお》う夜具は極めて軽く、乾いた落ち葉の匂《にお》いがした。

「落ち葉…!?」

疑念を声に出し、翠蘭は身を起こした。

すると、たちまち夜具《やぐ》が崩《くず》れて膝《ひざ》に散りかかる。いや、夜具ではなく、落ち葉でもない。それは、細くてやわらかな茎《くき》をもつ乾いた苔《こけ》だった。

苔がはらはらと散った瞬間、翠蘭の上半身を強い寒気が包んだ。

苔の下に隠されていた翠蘭の体は、一糸《いっし》まとわぬ裸身《らしん》だったのだ。

「な、なんだ、これは…!?」

翠蘭は左手で胸元を覆《おお》い、慌《あわ》てて周囲を見回した。

薄暗い空間は、かなりの広さをもつ洞窟《どうくつ》で、中央には消えかけた焚《た》き火《び》がくすぶっている。

洞窟の内部には人の気配はなく、動くものもいない。

焚き火の周りには翠蘭の服が干してあった。

服は木の枝を上手《じょうず》に使い、重なりあう部分ができないように地面に立ててある。

翠蘭は、そっと苔の寝床《ねどこ》から抜け出し、焚き火のそばまで走った。まだ赤色の残る炭火《すみび》は温かく、服は湿り気《け》を残しながらも乾いている。

洞窟の入り口に目を配りつつ、翠蘭は手早く衣服を身に着けた。けれど干された衣服の中には、翠蘭のものではない服もある。一方で、長袍《ちょうほう》の腰を結ぶ帯が見当たらない。首を巡らせかけた翠蘭は、それを馬の足に使ってしまったことを思い出した。

昨夜、朱瓔をさらった賊《ぞく》と争い、夜の川面《かわも》へ落ちたのだ。

だが、その後の記憶はない。

何故《なぜ》、こんな場所にいるのだろう。いや、それよりも、ここはどこなのか。次々と浮かぶ疑問の答えを求めて、洞窟の入り口に目を向けた翠蘭は、ぎょっとして動きをとめた。

そこには、眩《まぶ》しい光を背景に、背の高い男が立っていたのだ。

「気が付いたか、侍女《じじょ》どの」

身構える翠蘭に、男はおおらかな調子で話しかけた。『侍女どの』という呼びかけから、彼が昨夜の賊の一味であることが知れた。

「…リジム？」

――そう、リジムという名前だ。

翠蘭は服をかけてあった木の枝を一本摑《つか》み、臨戦《りんせん》態勢を整えた。

そんな翠蘭を凝視《ぎょうし》して、男――リジムは大きな声で笑い出す。

「昨夜《ゆうべ》の続きをしようというのか？」

「おまえたちが朱瓔をさらったりするからだ‼」

怒鳴《どな》り返してみたものの、洞窟に響く声は、いちじるしく翠蘭の戦意を奪う。リジムは剣を手にしていたが、翠蘭に対して身構える様子もない。それどころか大股《おおまた》で翠蘭に歩み寄ると、足許《あしもと》にまだら模様のウサギの死体を二つ、投げ出した。

「とにかく落ち着いてくれないか。なあ、侍女どの。一晩中、温め合った仲じゃないか」

その言葉を聞いた途端、翠蘭の頭に血が昇った。

「わっ、わたしに何を…」

「何もしていない。ぬれた服を脱がせて、抱いていただけだ。ひどく寒かったからな」

「おまえも川に落ちたのか？」

「そうだ。侍女《じじょ》どのを引き戻そうと思って腕を摑《つか》んだが、足場が悪くて一緒《いっしょ》に落ちた」

「手を放せばよかったのに」

「本気で言っているのか？」

真顔で問われ、さすがに翠蘭も同意できない。

近くで見れば、リジムは思ったよりも格段に若く、翠蘭と幾つも違わない年に見えた。

川に落ちたせいか、昨夜は髪を巻き込んでいた布が解《ほど》け、長い黒髪が腰のあたりまで垂れかかっている。褐色《かっしょく》の顔には、端正《たんせい》さと精悍《せいかん》さという相反《あいはん》する印象が混在し、夜の空を思わせる黒い瞳は穏やかな光を宿していた。

「助けてくれた礼は言う」

翠蘭が苦虫をかみつぶしたような顔で告げると、リジムはにやりと笑う。

「それは礼《トゥジェチェ》じゃない。礼を言うという宣言だ」

「…ありがとう」

「どういたしまして、と唐《とう》でも言うのかな」

リジムがつぶやき、上着を脱いだ。

突然、眼前に褐色の素肌が現れ、翠蘭は思わず半歩、後ずさる。しかし、リジムは悠々《ゆうゆう》と生《なま》

乾《がわ》きのシャツを取って袖《そで》を通した。

隙《すき》だらけで着替えを終えた彼は、翠蘭の視線に気付くと片眉《かたまゆ》を持ち上げた。

「吐蕃人の体は珍しいか？」

「え…、いや、別に…」

そうだ、とも答えられず、翠蘭は言葉を濁《にご》す。

あまりに無防備な態度に面食らったせいもあるが、すらりと背が高く、しなやかな筋肉をまとった彼の体は、状況を忘れて見とれるほどに美しかった。

昨今《さっこん》、皇帝や多くの武官《ぶかん》が関心を寄せる、美麗《びれい》な造りの軍装が似合いそうだ。

とはいえ、こんな場所で商売っ気《け》を出しても何の意味もない。

「…ここは、どこなんだ？」

「青海《アムド》のどこかだろう」

堂々とした態度とは裏腹に、リジムの返事は頼りなかった。

「流木《りゅうぼく》に掴《つか》まった状態で、かなりの時間、流されたからな。そうとうドニデラから離れていると思うが、どちらにしても吐谷渾《とよくこん》の領地には違いないはずだ」

それよりも、とリジムが腰に携《たずさ》えていた小刀を抜いた。

「先に飯にしよう。侍女《じじょ》どのはウサギは好きか？」

「うん、ウサギは好きだ」

上《うわ》の空《そら》で答えながら、翠蘭は銀色の輝きを見つめた。

リジムが手にした小刀が欲しいと思う。単に武器を欲《ほっ》する気持ちだけではなくて、翠蘭はリジムの性格と自分の立場を、もっと正確に把握《はあく》したかった。

どうやら、リジムには翠蘭を害する気はないらしい。

翠蘭を助けたこと自体が害意のなかった証《あかし》になるし、こうしてリジムと向かい合っていても、昨夜はあれほど強く感じた緊張感を、今はほとんど感じない。

しかし、手放しで信用する気にもなれない。

何よりもリジムは、朱瓔《しゅえい》をさらった相手なのだ。これから真意を質《ただ》すにしても、少しは信じるに足りる相手なのかを確かめたかった。剣では取り引きが重すぎて参考にならないが、小刀を渡すか否《いな》かは信頼の度合いを計るには適当な武器だった。

「助けてもらった礼に、わたしがウサギを料理する」

翠蘭が申し出ると、リジムは思案顔《しあんがお》で小刀をもてあそぶ。

「せっかく落ち着いた侍女どのに、武器を与えていいものか、少し迷うな」

「返礼の機会を奪うのが吐蕃の作法《さほう》か」

険《けん》をはらんだ声で翠蘭がたたみかけると、リジムは顔をしかめて小刀を差し出した。

「襲ってくるなよ。並の女ならともかく、昨夜の勢いで挑《いど》まれては、こちらも手加減できかねる。それから、自害もするな。せっかく助けたのに、目の前で死なれてはがっかりする」

「安心しろ。わたしには、まだ死ねない事情があるんだ」

小刀を受け取る瞬間に、朱瓔の顔が頭をかすめた。

ふと、刃《やいば》を返してリジムを倒したい気分になる。けれど、それは卑怯《ひきょう》だと自重《じちょう》した。それに、この最悪の現状を招いた原因は、昨夜の翠蘭の短慮《たんりよ》にもある。

「おまえ、何者なんだ？」

ウサギを捌《さば》きながら、翠蘭は尋《たず》ねる。

かたわらに立って作業の様子を眺めていたリジムが答えた。

「…吐蕃の家臣だ」

「嘘《うそ》をつくな。公主《こうしゅ》の降嫁《こうか》を求めたのは吐蕃じゃないか。その家臣が、あんな方法で公主をさらったりするわけがない」

語気も荒く断じながら、翠蘭は調理の手を休めなかった。怒りを感じるほど、小刀の切れはよくなり、作業がはかどる。そんな自分にも腹立ちを覚える。

立ち上がって、ウサギでリジムを殴《なぐ》りたい。

けれど、同じくらい強い気持ちで、翠蘭はウサギを食べたいと欲《ほっ》していた。

「言っておくが、おれたちは公主どのをさらったわけじゃないぞ」

「お連れ申し上げた、とでも言うつもりか？」

「ああ、そうだ」

リジムが深くうなずき、小さな革袋をウサギの脇に置く。

袋の口を解くと、中には白茶色《しらちゃ》の塩が入っていた。

翠蘭は、いったん質問を打ち切り、調理に専念することにした。

食事を済ませた翠蘭は、小さな焚《た》き火《び》をはさんでリジムと向かい合った。

洞窟《どうくつ》内には、まだ香ばしい匂《にお》いが漂《ただよ》っている。けれど、そのにおいを嗅《か》ぐと、胃のあたりがむかついた。あんなに空腹だったのに、翠蘭は数口しかウサギを食べられなかったのだ。

「調子が悪いのか、侍女《じじょ》どの？」

改めて尋ねるリジムに、翠蘭は厳しい視線を注ぐ。

「そんなことはない。それよりも、さっきの続きが聞きたい。公主をさらったわけではない、とはいったい、どういう意味なんだ!?」

「おれたちは、公主どのを助け出したんだ」

「助けだした…!?」

翠蘭は声を荒らげて身を乗り出した。

「おまえたちは、焚き火を破裂《はれつ》させて、天幕を燃やしたんだぞ!!　そのうえ、護衛の兵士に妙な術をかけた上、群れをなして夜営地《やえいち》に走り込んできた。あの状況を見て、助けたなんて思えるわけがないだろう!」

「だが、事実だ」

腰を浮かせた翠蘭を上目遣《うわめづか》いに見つめ、リジムが落ち着いた声で言った。

「公主をさらうだけなら、昼間にでも馬で隊列に走り込めばいい。唐の兵士はいるが、陣形《じんけい》を整えているわけじゃない。縦長の隊列など、横からの攻撃には無防備だ」

「攻撃…？」

「あ、いや、今のは例えだ。実際に、おれたちは馬で走り込んだが、それは非常事態だったからだ。そうでなければ、唐との関係を悪化させるような真似《まね》はしない」

「でも、焚《た》き火《び》が破裂《はれつ》して、天幕が燃えたのも事実じゃないか」

「そうだな。夜営地《やえいち》にいた誰かが細工《さいく》をしたんだろう。遠くから攻撃をしかけられる魔術師もいるが、あれほど規模の大きな騒ぎを起こすとなれば、現場に協力者が必要になる」

また魔術か、と口の中でつぶやき、翠蘭は腰を下ろした。

「その魔術師というのは…」

「しっ、話すな。ここで魔術師の話をしては駄目《だめ》だ」

リジムが唇に指を押し当てて翠蘭に沈黙を求める。

「洞窟《どうくつ》は空気が凝《こご》る場所だ。まずは、おとなしく弁明を聞いてくれ」

「それが真実ならな」

翠蘭が疑いのこもった声で応《こた》えると、リジムはにっと笑う。

「心配するな。おれは嘘《うそ》をつくのが苦手なんだ」

「…それで？」

「一昨日、輿《こし》が倒れただろう」

うん、とうなずきかけた翠蘭は、途中で顔つきを改めた。

「どうして、おまえがあの事故を知っている？」

「見ていたからだ」

「でも、あの時、平原に人影なんかなかった」

「おれは離れた場所から、地面に伏せて公主《こうしゅ》どのの隊列を見ていたんだ」

「何のために…？」

翠蘭の執拗《しつよう》な問いかけに、リジムは一瞬《し》、鼻白《はなじろ》んだような様子を見せる。

「…何のために、と問われると困るな。強いて言うなら、…そう、好奇心だ」

「こ…好奇心？」

「ああ、漢人《かんじん》にとって吐蕃は野蛮人《やばんじん》の国なのだろう。そんな国へ嫁《とつ》いでくる公主どのが、どんな様子なのかを知りたかった。輿の事故には驚いたが、おかげで公主の顔も確かめられた。夜営地に駆け込んだ時、迷う必要がなかったからな」

「さらった公主を、どうするつもりなんだ？」

翠蘭は掠《かす》れた声で尋《たず》ねる。

リジムの話を聞くにつけ、朱瓔の現状に心を馳《は》せずにはいられない。

ほんの少し意識を注いだだけで、地面にくずおれた朱瓔の姿と弱々しい声を思い出す。彼女の安否《あんぴ》に対する懸念《けねん》は、目覚めた瞬間から翠蘭の心にあった。

対するリジムは鷹揚《おうよう》な態度を崩《くず》さない。

「安全な場所へ案内しただけだと言っただろう。おれがいなくても、仲間たちがディ・セルやサンボータに連絡をとるはずだ。公主さえ無事ならば、唐の武官《ぶかん》も文句は言うまい」

そういえば、とリジムが笑いをこぼした。

「侍女《じじょ》どのは輿《こし》の事故のあと、山羊髭《やぎひげ》の武官と喧嘩《けんか》していたな」

「あの方は、隊列の責任者の道宗《どうそう》どのだ」

「ふうん。騒ぎの中でも比較的おちついた様子だったな。ああいう指揮官《しきかん》がいれば、あとの対応も迅速《じんそく》だろう」

「そう思うのなら、なぜ公主だけを連れ去った?」

「隊列の誰が敵なのか、分からなかったからだ。卑怯《ひきょう》な策謀《さくぼう》のせいで公主が殺され、その罪を吐蕃になすり付けられるのは困る。遠い道程を旅してきた公主どのもかわいそうだ」

「かわいそう?」

ふん、と翠蘭は鼻を鳴らして立ち上がった。

彼の言い方は、吐蕃への降嫁《こうか》を巡る翠蘭の事情を軽視しているようで腹立たしい。

それに、彼の言葉は信じるとしても、早く赤嶺《ドニデラ》に戻りたかった。

公主に間違えられた朱瓔は今、どんな気持ちで過ごしているだろうか。

「どこに行くんだ、侍女どの?」

「赤嶺に戻るに決まっているだろう。川を流されて来たんだ。同じ川をさかのぼれば、元の場所に戻れるはずだ」

「すぐに出発するのか?」

尋《たず》ねつつ、リジムが腰を上げた。

「おまえも行くのか…!?」

「当たり前だ。そんなに嫌そうな顔をするな。こんな状況を作ったのは、こちらの不手際《ふてぎわ》だし、公主どのに引き渡すまで責任を持つさ。それに、一人より二人の方が心強いだろう？」

「相手が信用できる人物ならな」

「あの金髪《きんぱつ》の武官のように、か？」

リジムが小さく笑い、洞窟《どうくつ》の外へと足を向ける。

そういえば慧《けい》は無事だろうか、と翠蘭は薄情《はくじょう》にも、今ごろになって慧の安否《あんぴ》を考えた。


洞窟を出ると、眼前に森林が広がった。

赤嶺周辺の景色に比べれば、圧倒されそうなほどの緑の層だ。

落ちた時には岩場を流れる激流だった川も、ここでは幅の広い浅瀬をゆるやかに流れている。川岸には灌木《かんぼく》が生えていたが、流れを見失わずに歩くことはできそうだ。

出発に際して、翠蘭は草の蔓《つる》で長袍《ちょうほう》の腰と顔に垂れかかる髪を結《ゆ》わえた。すると、一連の動きをじっと見ていたリジムがつぶやいた。

「漢人《かんじん》の女は、髪を結い上げるものじゃないのか？」

「道具がない。それに、胡服《こふく》に女髪は似合わない」

「なぜ、男物の胡服を着るんだ？」

「こちらの方が馬に乗りやすい」

川縁《かわべり》へ足を踏み出しながら翠蘭は答えた。

リジムと話をするのは構わないが、足を進める方向に道があるわけでもない。小枝や木の葉が顔に当たって、少なからず喋《しゃべ》りにくい。

そんな翠蘭を後ろに下がらせ、リジムが剣で道を切り開き始める。

それを機に、翠蘭は質問役に身を転じた。

「リジムは、吐蕃の武人《ぶじん》だろう？」

「…まあ、そんなふうなものだ」

「吐蕃の男は皆、おまえのように髪が長いのか？」

「いや、吐蕃にも髪の短い氏族がいる。おおかたの男は伸ばしているけどな」

「魔術師は、どうなんだ？」

翠蘭が問うた途端にリジムが足を止め、下を向いていた翠蘭は彼の背中にぶつかった。

「痛いじゃないか。予告もせずに止まるな」

「侍女《じじょ》どのは、どうしても魔術師のことが知りたいんだな」

深みのある瞳で見下ろされた翠蘭は、思わず力をこめてリジムを見つめ返す。

「わけの分からないものに脅《おびや》かされるのはごめんだ。それに、わたしが胡服《こふく》を着ている理由より、重要な問題だと思うぞ」

「そうだな。危険を避けるために知識を求めるのは正しいやり方のひとつだ。本当は、あまり魔術師の噂《うわさばなし》話をしない方がいいんだけどな。人間よりも精霊が好きな魔術師は気を悪くするし、精霊も自分たちが注目されていると思って近付いてくる」

「近付いてくると危険なのか？」

「魔術師はそう言う。だが、話をするにはいい時間だ」

「時間が関係あるのか？」

「そうだ。昼間が好ましい。それも、よく晴れた日の昼間が最良だ」

「いろいろと面倒なんだな。それで、魔術というのは何なんだ？」

「魔術は精霊を動かす力だ」

剣を振るいつつ、リジムが語り出した。

「山々に囲まれた高原の地には無数の精霊がいる。その中で悪《あ》しき心を持ったものを魔物と呼ぶが、魔術師に言わせれば、魔物も悪しき存在ではないそうだ」

「よく分からないんだが…」

張り出した枝に掴《つか》まり、自分の体を引き寄せながら翠蘭は低い声で尋《たず》ねた。

「悪しき精霊を魔物と呼ぶのに、それは悪しき存在ではない？」

「ああ。数が決まっているんだ。精霊と魔物は常に同数だ。つまり魔物は、魔物になることを自分で選んだとは限らないと言うことだ。だが、魔物は人や家畜や作物に被害を与えるので、魔術師に祓《はら》ってもらわなければならない」

「川縁でわたしを突き飛ばしたのも魔物の仕業《しわざ》か？」

「違う。侍女《じじょ》どのを突き飛ばしたのは精霊だ。チュツァリという男を覚えているか？　彼は魔術師だ。あの時は、おれを助けようとしたんだろうが、思いがけず侍女どのをひどい目にあわせて、今ごろは精霊ともども後悔《こうかい》しているはずだ」

「精霊や魔物は、人間の目には見えないといったな」

翠蘭は、ともすれば弾《はず》みそうになる呼吸を抑えながら問う。さほども歩いていないのに、小枝や夏草をこぐせいで息が切れてくる。

けれど、その呼吸音をリジムに聞かれたくない。昨夜は不覚にも助けられてしまったが、赤《ド》嶺《ニ》までの道中は足手まといにならずに歩きたかった。

「少なくとも、おれは見たことないな」

「それじゃあ、本当に精霊の仕業《しわざ》かどうか分からないじゃないか」

「精霊や魔物のせいにして悪事を働く者はいないよ。仕返しされるのが怖いからな。それに、精霊や魔物は人間に接した時、周りに『印』を残していくんだ。その意味を魔術師が読み取り、祭りを行って新たな被害がでないようにする」

「ガル・トンツェン・ユルスンどのは魔術師か?」

「ガルが魔術師? なぜ、そう思う?」

「いや、別に、…大した理由はないけど」

翠蘭は慌《あわ》てて言葉を濁《にご》した。

立ち入ったことを言えば、吐蕃でのディ・セルの立場を悪くしてしまうかもしれない。つい尋《たず》ねてしまったが、こんな場所で告げ口めいたことを言うのは気が進まなかった。

「そういえば隊列にガルの姿がなかったな」

「…ガルどのは長安に残られたんだ」

　翠蘭はしぶしぶ答える。

「公主降嫁《こうしゅこうか》の隊列を取り仕切る唐の臣、道宗《どうそう》どのが長安に戻られるまでの人質《ひとじち》だそうだ」

「ガルが人質になったか…」

　リジムの声が陰湿《いんしつ》な陰《かげ》りを帯びて、翠蘭にかるい不安を与えた。

「人質といっても牢《ろう》に囚《とら》われているわけじゃないぞ。皇上《こうじょう》は、長安の一角に大きな屋敷を用意して、奥方も官位も贈られた。まあ、奥方は断られたそうだけど」

「当たり前だ。ガルには、…もう妻がいる」

「でも、それは吐蕃での話だろう?」

「どこにいても、妻は妻で夫は夫だ。それとも漢人《かんじん》は場所ごとに相手を変えるのか?」

「そういうわけじゃないけど…」

「まあ、いい。侍女どのの期待に背《そむ》いて悪いが、ガルは魔術師じゃない。吐蕃には、鳥の声や雲の流れで、気候の変化を読み取る者がいる。ガルは、そういう血筋の人間だ」

　ふうん、と翠蘭は何度目かの気抜けした応《こた》えを返した。

　話がガルのことに及んだ途端、リジムの態度が少し硬化したように感じられた。けれど、理由を質《ただ》す気にはなれない。第一、翠蘭の勝手な思い込みかもしれないのだ。

　それに、もう話をしながら歩くのも限界だった。

話が途切れたのを幸いと、翠蘭は川上へ視線を移す。当然のことながら、涼やかな音をたてて流れる川の向こうには、赤嶺と思しき山影さえも見えなかった。


二人は前後したまま無言の前進を続けた。

リジムは、黙々《もくもく》と剣を振るって道を切り開く。

そんな彼の後ろから、翠蘭はやわらかな枝や草をこいで続いた。

青々と茂った樹葉に助けられていたが、それでも頭上から降り注ぐ陽光は、着実に翠蘭の体力を殺《そ》いだ。

さやさやと流れる川の音が、時に高く低く変化する。

大粒の汗がこめかみを伝って流れ、ぽたぽたと音をたてて地面に落ちた。

道なき道は、決して平坦《へいたん》ではない。足場を確保しようという無意識の考えと、ゆるやかな勾《こう》配《ばい》が翠蘭の体を前屈《まえかが》みにさせる。前へと運ぶ足は重く、関節は小さなきしみを響かせた。

どのくらい歩いただろうか。

洞窟《どうくつ》を出発した時は、湿っていた革靴《かわぐつ》も、生乾《なまがわ》きのまま足になじんだ。顔の皮膚《ひふ》は日焼けでぴりぴり痛み、衣服に染《し》み込んだ汗が体を冷やした。

どれほど歩いても景色は変わらない。

濃厚な緑の匂《にお》いが翠蘭の胸をむかつかせた。

水が飲みたい、と翠蘭は思った。渇《かわ》きは飢《う》えや疲労と混じり合い、翠蘭の内臓《ないぞう》に不調を感じさせる。飲んだら吐くのではないか、とも思ったが、飲まずに我慢できる道理もなかった。

リジムの背中に声をかけようとした時。

少し休もう、とリジムが足を止めた。

翠蘭は返事をする余裕《よゆう》もなく、川縁《かわべり》に膝《ひざ》をつくと夢中で水をすくって飲んだ。

そんな翠蘭の肩を押さえ、リジムが呆《あき》れた様子で忠告する。

「あまり飲むな。飲み過ぎると体が冷える。次はもっと早く休むから、その時にしろ」

翠蘭は、しぶしぶ川縁から離れた。

昼を尖《とが》らせて地面に座り込むと、剣の具合を見ていたはずのリジムが笑い出す。

「子供みたいだぞ、侍女《じじょ》どの」

「放っておいてくれ」

「ほら、靴《くつ》を脱いで休むといい」

そう言うと、リジムは翠蘭の足から靴を引き抜いた。

「何するんだ!!」

翠蘭が驚いて怒鳴《どな》ると、怒鳴られたリジムもびくりと肩を揺らす。

「靴を脱いで休んだ方が楽だろう」

「身内でもない男が、女の靴を脱がすなんて最低な行為だぞ」

「そうなのか。だが、吐蕃にはそんな決まりはないんだ」

リジムは、むっとした表情で言い返してきた。

吐蕃だから、と言われれば、翠蘭にしても重ねて反論するほどの怒りはない。むしろ、漢土《かんど》の道徳には辟易《へきえき》しているクチだ。

それに、たしかに膝下《ひざした》に広がった開放感は心地好《ここちよ》かった。

「ここは吐谷渾だから、間をとって今のはナシにしよう」

翠蘭は尻をついたまま進み、浅瀬に足の先を浸《ひた》した。途端に、指の付け根に痛みが走る。慌《あわ》てて足の裏を確かめると、親指の爪ほどの大きさの皮膚《ひふ》が、円形に白く浮き上がっていた。

「マメができたか。進み方が早かったんだな」

翠蘭の肩越しに覗《のぞ》き込んだリジムが、手を伸ばしてマメに触れる。そんな彼の手は、剣を振るい続けていたにもかかわらず綺麗《きれい》なままだった。

「今日は、ここまでにしておくか」

リジムの提案に、翠蘭はぎょっとする。

たしかに相当の距離を歩いたと思うし、そろそろ空腹を感じてもいる。第一、翠蘭の足は限界にきている。しかし、前進をやめるにしては早すぎる時間だ。

「まだ歩ける!!」

「今日歩けても、明日歩けなければ同じだぞ」

正論で翠蘭の意地を封じ込め、リジムが首を垂れた。

「おれの進み方が早すぎたんだな。明日からは気をつけよう。それに、日が暮れる前に、今夜の寝床《ねどこ》を確保する必要がある。食料も手にいれなければならない」

「…分かったよ」

翠蘭は唇を噛《か》み締めて、長袍《ちょうほう》の裾《すそ》で足を拭《ぬぐ》うと靴《くつ》に足を押し込んだ。

そうしているうちに、じわじわと悔しさが湧いてくる。

幼い頃には、剣の稽古《けいこ》で何度も掌《てのひら》にできたマメをつぶした。何度もつぶせば皮膚《ひふ》が固くなり、やがて強い摩擦《まさつ》にも耐えられるようになるのだ。けれど今、足のマメがつぶれたら、たちまち歩行に困難をきたすことは目に見えていた。

それに。

ほんの短い間ではあったが、翠蘭は実感していた。

リジムと一緒《いっしょ》でなければ赤嶺《ドニデラ》に戻れないかもしれない——。

それほど山間《やまあい》の行程はきつく、そのきつさに耐えられない自分が、また悔しい。

「怒っているのか、侍女《じじょ》どの？」

ひょいと翠蘭の顔を覗き込み、リジムが尋《たず》ねた。

翠蘭は、ぷいと横を向いた。むくれた顔は見られたくない。

「悔しいだけだ。わたしにかまうな」

「…もしかして、おれに負けたとでも思っているのか？」

またしてもリジムが無神経な問いを発した。

そんなこと、と吐き捨ててみたものの、彼の問いかけは図星をついている。

翠蘭は、せめてリジムと同じ速さで歩きたかったのだ。

力が同じでなくては対等な関係が保てない気がする。

平素《へいそ》の生活にあれば、それぞれの得意や特性を生かせばいいと思えるが、ここは人里離れた異郷なのだ。しかも、部分的にとはいえ見ず知らずの男を頼らねばならない状況にある。

「足手まといになりたくないだけだ」

「まだ足手まといというほどじゃないぞ。どちらかといえば、おれは…」

言いかけてリジムが言葉を切り、語調を改めて、また続ける。

「侍女《じじょ》どのは体力がある方だ」

「女にしては、と言うんだろう」

「いや、男と比べても、なかなかのものだ」

リジムは真顔で答え、腕組みをして翠蘭の全身をじろじろと眺め回す。

「そんなに華奢《きゃしゃ》なのになあ」

しみじみと評価され、翠蘭の頰《ほお》に熱が宿った。

「体格は関係ないだろう!! おまえ、失礼だぞ!!」

「失礼? 離れた場所から姿を見るだけでも、漢人《かんじん》は失礼と思うのか。それなら、これからは木の陰からでも覗《のぞ》き見することにしよう」

下らない冗談を言い、リジムはくるりと背を向けた。

「とにかく、夜営《やえい》のための場所を探すぞ? それでいいな?」

翠蘭は、うん、と答えて同意を示す。

二人は、ふたたび藪《やぶ》に踏み込んだ。

しばらく歩くと川沿いの喬木《きょうぼく》はまばらになり、足許《あしもと》には岩の感触が増えてきた。豊かな黒色だった土は砂に代わり、刺《とげ》のある灌木《かんぼく》が岩に張り付くように生えている。

「ここで待っていろ。夜営できる場所を探してくる」

リジムは言い置いて川から離れていった。

彼の姿が消えると、翠蘭は小枝を集めて先を尖《とが》らせ、川のほとりの水が溜《た》まった窪《くぼ》みの上に立った。川縁《かわべり》の水は、暮れかけた空と雲を映している。

その底に、ゆらりゆらりと尾鰭《おひれ》を揺らして放蕩《たゆと》う魚がいる。

翠蘭は、狙《つらぬ》いを定めて、小枝を川底に打ち込んだ。

魚肉を貫いた感触が手に伝わり、一瞬、はげしく水飛沫《みずしぶき》が散った。

小枝を引き上げると、その先には小魚が捕まえられている。川岸の岩場へ引き上げられた魚は、泥色の体を岩に打ち付けて何度も跳ねた。

数匹の魚を捕った頃、リジムが戻ってきた。彼が見つけた洞窟《どうくつ》は、昨夜のものより小さくて、天井も低かったが、奥行きは深くて雨風は完全に防げそうだった。

早めに夜営地に腰を落ち着けた翠蘭たちは、とりあえず火を起こす。

リジムは、地面にあぐらをかいて剣の手入れを始める。

翠蘭は、膝《ひざ》を抱えて彼の様子を見つめていた。

ぱちぱちと音をたててはぜる火が、うつむいたリジムの横顔を照らす。

褐色《かっしょく》の肌は、炎に照らされると、いっそう深みのある色に変わる。すっと通った鼻筋や意思の強そうな顎《あご》の線には影が落ち、彼の顔だちを思慮《しりょ》深く感じさせた。太い首と広い肩、剣を持つ手まで、均整《きんせい》のとれた骨格の持ち主だ。

銀色の刃《やいば》に触れる指は長くてしなやかだった。

「リジムというのは山猫という意味だろう？」

つぶやくように翠蘭が問うと、リジムは顔を上げずに答える。

「そうだ。別の名前もあるけどな。それは余所《よそ》行きの服のようなものだから、普段は使わずに仕舞っておくのさ」

「なんという名前？」

「侍女《じじょ》どのには、まだ教えられない」

リジムがいたずらっぽい笑いをこぼす。

なんだよ、と不満そうにつぶやいて、翠蘭は膝頭《ひざがしら》に顎を乗せた。

焚《た》き火《び》のそばにいるせいか、少し喉《のど》が痛い。リジムが苔《こけ》を集めて即席の夜具《やぐ》を作ってくれたが、腰から下が冷えきっている。肩や背中も痛い。

体が浮き上がるがごとき頼りなさを覚える一方で、手足が重くて仕方ない。

——どうしたんだろう…？

急速にぼやけていく頭で考えた直後、翠蘭は崩《くず》れるように地面に倒れ込んだ。

「なあ、何してるんだ？」

少年の問いかけが、朱瓔の集中力を破壊した。

苛立《いらだ》たしげに巻き毛を揺らしつつ顔を上げると、隣に座っていた少年が首を垂れた。

「ごめん、邪魔《じゃま》をしたみたいだな」

遠慮《えんりょ》がちな声音《こわね》で詫《わ》びる少年の両手は、房飾《ふさかざ》りのついた赤い紐《ひも》で縛《しば》られている。かたわらには冷えきった二人分の羹《スープ》が、見たこともない果物《くだもの》と一緒《いっしょ》に並べてあった。

「いいのよ、チュツァリ」

朱瓔は怒りを隠して微笑《ほほえ》み、敷布《しきふ》の上に並べた水晶片を拾い集めた。

もう丸二日も眠っていない。

こんなことでは、精神を集中するなど無理な話だ。

少し眠らなければ、と思う。けれど神経が高ぶって、とても眠れそうにない。

目を閉じると、川に落ちた瞬間の翠蘭の驚いたような顔がまぶたの裏側によみがえる。朱瓔に向けて伸ばされた手は空《むな》しく空《くう》を掴《つか》み、渦巻《うずま》く暗黒の川面《かわも》に吸い込まれた。

昨夜――。

翠蘭と男《リジム》が川に落ちた後。

馬に乗ったサンボータが、あの川岸に駆け付けた。

サンボータは川岸に集った男たちを見て、いかにも不本意そうな顔をした。チュツァリと呼ばれた少年は、兄上、とつぶやいて、こそこそと仲間の後ろに隠れようとした。

朱瓔には、何が起こっているのか、理解できなかった。

けれど、サンボータの介入《かいにゅう》は歓迎すべきものだった。彼が現れなければ、慧《けい》は剣を振るい、吐蕃人の男たちを切り刻んだに違いない。男たちも無抵抗でいるはずはなかったが、慧の気迫は完全に彼らを圧していた。

『説明しろ、サンボータ！』

慧は、サンボータの太い喉《のど》に剣を突き付けて怒鳴《どな》った。

吐蕃人の男たちが色めき立ったが、サンボータは掌《てのひら》を向けるだけで彼らを制した。

それから、男たちとともに朱瓔を遠ざけ、慧と二人で岩陰に消えた。

かなりの時間を経て、朱瓔たちの元に戻ってきたサンボータは一人だった。思い切り両手を伸ばした朱瓔の体を、彼は吐蕃人の男の腕から抱き取った。

『サンボータさま!!　お願いです!!　翠蘭さまを助けに行ってください！』

サンボータの肩にすがりついて朱瓔は懇願《こんがん》した。

理性の上では、彼の指示を仰《あお》ぐしかないと分かっていた。あの場所で決定権を有していたのはサンボータ一人に違いなかったし、彼は朱瓔ごときの言葉に動かされるような人物ではない。

朱瓔自身、的確に状況を読み、流れに任せることを信条にしていた。

しかし、あの時ばかりは黙って他人の指図《さしず》を待つなど不可能だった。

『今すぐ追いかければ間に合います』

『いいえ、無理でしょう』

はっきりとした声調でサンボータが断じた。

とはいえ、その声は決して無慈悲《むじひ》ではなく、深い苦悩がにじんでいた。

『よろしいですか、朱瓔どの。今から追いかけても間に合いません。こうまで暗くては、お二人がどこで川から上がられるか分からない。川岸も平坦《へいたん》ではありませんから、川沿いに追うのも危険です。だからといって舟もありません』

でも…、とつぶやくと、ぽろぽろと涙がこぼれた。

翠蘭が死んだとは思えなかったが、暗い激流を流されていく彼女の心細さを考えると、自然に涙が溢《あふ》れだして止まらなかったのだ。

サンボータは、朱瓔の顔を肩に押しつけるように抱き直し、鋭い声で少年を呼んだ。

『チュツァリ!!』

『は、はい、兄上。申し訳ありません』

おどおどと詫《わ》びた少年に、サンボータは固い声音《こわね》で尋《たず》ねた。

『リジムさまは、ご存命か？』

『はい。それはたしかです』

控え目ながらも確信に満ちた言葉を耳にした瞬間、朱瓔は自分の現状にかまわず、少年に向かってわめき立てていた。

『どうして、そんなことが分かるの!?』

『ご…護符《ごふ》があるから、…リジムさまの上着の内側に縫《ぬ》い込めてある…』

『どこに居るの!? 翠蘭さまもご一緒《いっしょ》!? それより、翠蘭さまはご無事でしょうね!?』

『…居場所は分からないよ。それに、侍女《じじょ》どののことまでは…』

『侍女じゃないわ!! あの方が、公主《こうしゅ》さまよ！』

朱瓔は叫ぶなり、サンボータの肩にかじりついて泣き出した。

そんな朱瓔の背中をさすり、サンボータが男たちに告げた。

『おまえたちは宣王《せんおう》に預かっていただく。反論は許さぬぞ』

『あ…兄上。でも、リジムさまの捜索《そうさく》は…？』

『黙れ、チュツァリ！』

恐ろしい剣幕で、サンボータが少年を一喝《いっかつ》した。

しかし、続いて朱瓔にかけられた言葉は穏やかだった。いや、穏やかであろうという血のにじむような努力が感じられた。

『私は、これから宣王という人物の元に参ります。宣王は、反吐蕃をかかげる吐谷渾の王、諾《だく》曷鉢《かっはつ》の配下にあって、吐蕃との同盟《どうめい》を主張する小王です。彼の口から諾曷鉢王に、公主さまを確実に保護していただけるように進言してもらいます』

『道宗さまは、どうなさっておられます？』

『少なくとも、私が夜営地《やえいち》を出るまではお元気でした。隊列の混乱が治まり、公主さまのご不在に気付けば、おそらくディ・セルどのと諮《はか》って諸葛鉢王のもとへ行かれるはずです』

『この方たちも、一緒に宣王の元へ？』

朱瓔が居並ぶ男たちを見回すと、サンボータが顎《あご》を引いた。

『彼らに捜索させれば早いのですが、吐谷渾の兵士と争いになれば数の上で勝ち目はありません。今後の国交にも触ります』

『サンボータさま。翠蘭さまとご一緒なのは、どなたですか？』

『それは、…申し上げられません』

サンボータが苦しげに目を伏せた。

『けれど、信用のできる方ですし、現在の吐蕃においては、もっとも武勇に優れた方です。必ずや公主さまを、朱瓔どのの前にお連れいたします。さあ、宣王の元へ参りましょう』

サンボータに促されて、一行は川岸を離れた。

簡単そうなサンボータの説明とは異なり、宣王の天幕は遠く、馬を駆っても翌朝までかかった。天幕に近付くと、武装した兵士が朱瓔たちを取り囲んだ。

サンボータは、他の男たちを残し、朱瓔を同席させて宣王との交渉《こうしょう》に臨《のぞ》んだ。

宣王は、恐ろしげな髭面《ひげづら》の男だった。

朱瓔には、彼らが何を話し合っているのか、皆目見当《かいもく》もつかなかった。それというのも、彼らが漢語《かんご》でも吐蕃語でもない言葉を使ったからだ。

それでも、どうにか交渉《こうしょう》は成立したらしい。

朱瓔は宣王の側近《そっきん》の手にゆだねられ、チュツァリとともに天幕に軟禁《なんきん》された。赤い紐《ひも》で手首を縛《しば》られた少年は、力を封じられたとこぼした。

「ねえ、チュツァリ。あなた、サンボータさまを兄上って呼んだわね?」

「ああ。兄上は、オレの兄上だからな」

少年の、いささか頭の悪そうな物言いは、朱瓔の神経を逆撫《さかな》でした。

「それにしては、ずいぶんと年が離れているのね」

「うん。兄上は、オレの父上みたいなものだ。だから、頭が上がらない」

「サンボータさまは、…どんな方?」

「偉い方だよ。うんと小さい時にギャカル《インド》へ行って、吐蕃の言葉を表すための文字を作った。戦《いくさ》にはでないけど、皆が勇敢《ゆうかん》だと褒《ほ》めるんだ」

そう、と朱瓔はつぶやき、同時に湿った溜《た》め息《いき》をついた。

少年は素直だが、一緒《いっしょ》にいると気が滅入《めい》る。もしかしたら、彼がいるせいで眠れないのかもしれない。朱瓔は処女《おとめ》ではないし、両手を縛られた少年を恐れるほど初心《うぶ》でもない。けれど、他人が近すぎる場所にいると、気持ちがざらついて落ち着かないのだ。

朱瓔が安心して寄り添えるのは、翠蘭だけだ――。

吐蕃への同行を決めたのも、翠蘭の不安を慮《おもんぱか》ってのことではない。朱瓔自身が翠蘭と離れたくなかったのだ。

この感情は、男女の間にあるような恋慕《れんぼ》とは違う。
翠蘭を独占したいと願っているわけでもない。
しかし、翠蘭の安否《あんぴ》も確かめられない今の状況は、地獄にも等しい。
魚が水を必要とするように、朱瓔には翠蘭の存在が必要だった。
朱瓔は、ふたたび絹の袋から水晶片を取り出し、敷布《しきふ》の上に並べはじめた。
かならず、翠蘭の居所《いどころ》と現状を摑《つか》んでみせる――自分のやり方で見つけてみせる。
でも、その後は――？
朱瓔は頭をふって不安をふりはらう。
柔らかな巻き毛が少し遅れて肩を打った。

四、発熱

──寒い…。

目を開くと、真っ暗な闇の中にいた。

近くで燃えていたはずの焚き火《たび》が消えている。

目を凝《こ》らせば、ちらちらと輝く炭火《すみび》が見えたが、それはもはや光も熱もない焚き火の残骸《ざんがい》に過ぎなかった。

──寒い…、寒い…。

翠蘭《すいらん》は、頭でひとつの言葉だけを繰り返した。

それ以外の言葉が浮かばなかったのだ。床から離れて火を起こせばいいようなものだが、わずかに残る温もりを手放せないほど体が冷えきっている。

背中に触れているのは乾いた苔《こけ》で、肩にはリジムの上着がかかっている。

洞窟《どうくつ》の入り口から風が流れ込む気配もない。

しかし、翠蘭は寒くてたまらなかった。

骨の髄《ずい》まで凍《こご》えてしまい、二度とは温まれない気がする。

──寒い…。誰か、助けて…。

リジムの上着の下で、翠蘭はできるだけ手足を縮める。

だが、そこにある温もりも、翠蘭の肌には染《し》み入ってこない。

──…助けて、お母さま…。

翠蘭は、ぼやけた頭で母の姿を浮かべた。

流行の衣装《いしよう》に身を包み、螺髻《らけい》の形に髪を結《ゆ》って、額に三日月《みかづき》の飾りを描いた母は、誰よりも美しくて気品に満ちている。

翠蘭を頭《かしら》に七人も娘がいるとは思えない。

学識が深く、刺繍《ししゆう》が上手《じようず》で、鈴をふるような声で話した。

けれども。

翠蘭は母に抱かれた記憶がない。

それどころか柔らかな膝《ひざ》に触れ、微笑《ほほえ》みながら視線を交わした覚えもなかった。

『その子を、わたくしに近付けないで！』

思い出すのは、必死の形相《ぎようそう》で叫んだ母の怒声《どせい》と、直後の傷ついたような表情だ。

そう──。

翠蘭の母は傷ついていた。

怒鳴《どな》られた翠蘭ではなく、母が傷ついていたのだ。

心ない相手に凌辱《りょうじょく》されたこと。その末に子供を生んだこと。子供に罪はないと知りつつ、憎まずにはいられない自分に対する憤《いきどお》り。

翠蘭を抱こうともしない母に代わり、父は読書や趣味の園芸の最中にさえ翠蘭を側においた。乗馬や剣術を習いたがると、すぐに子供用の剣や馬を用意してくれた。

一方で父は、母が平静を保てるように心を砕《くだ》いた。

他の高官と違って妾《めかけ》を持とうとせず、酒も嗜《たしな》む程度にしか飲まず、声を荒らげて母を罵《ののし》ることも、家人《かじん》にきつい態度を取ることもしなかった。

父は立派な人間だ、と幼心に翠蘭は自信を持っていた。

けれど、李元吉《りげんきつ》が誅殺《ちゅうさつ》された日の夜。

奥の私室でひそかに杯《さかずき》を傾ける父の姿を、偶然に見てしまった。

その瞬間、心に小さなしこりが生まれた。

玄武門《げんぶもん》に兵を伏せて、建成《けんせい》らを討《う》った世民《せいみん》の謀《はかりごと》に、父が荷担《かたん》していたかどうかは知らない。だが、父にとっても李元吉は憎むべき相手だったのだ。

その事実は、幼い翠蘭を打ちのめした。


『さあ、これをお食べ、翠蘭』

闇に浮かぶ母の顔が、皺《しわ》に彩《いろど》られた祖母の顔に変わる。

祖母は皿に盛られた菓子を差し出す。

黄色い鳥を染め抜いた緑の袖《そで》が、祖母の動きにあわせてゆらゆらと揺れていた。

しかし、翠蘭が菓子を摘《つま》むと、父の怒鳴《どな》り声が聞こえた。

翠蘭は思わず菓子を取り落とす。

拾わなければ、と慌《あわ》てて身を屈《かが》めると、白い菓子はウサギの死体になっていた。

『ウサギは嫌いになったのかい？　じゃあ、今度は魚をお食べ』

のろのろと立ち上がった翠蘭の前には、緑色の着物をまとった魚がたたずんでいた。

まだら模様のある茶色い肌を嫌らしく滑らせながら、魚は歯のない口でにっ、と笑った。

『さあ、お食べ、翠蘭』

魚が言った。

翠蘭の眼前に突き付けられる皿の中身は、生《なま》の魚肉《ぎょにく》に変わっている。

『毒なんか入ってないよ。ほら、お食べってば』

魚はけらけらと耳障《みみざわ》りな笑い声をたてた。

『わ、わたしは、ただ…』

翠蘭がつぶやいた直後、耐えがたい吐き気が体の中心で渦巻《うずま》いた。

自らの腹を抱えこみ、激《とう》しくのたうつ。

しかし、逆流し始めた吐瀉物《としゃぶつ》は一気に喉《のど》から流れ出た。器官が刺激されて、無意識のうちに涙がこぼれた。鼻の奥に痛みが広がり、呼吸の邪魔《じゃま》をする。さらに、喉のあたりにとどまった固形物が、ころころと空転して吐き気をいっそう助長させた。

『大丈夫《だいじょうぶ》だ』

背中をさする大きな手に、安堵《あんど》の視線を上げると、豊かな髭《ひげ》をたたえた武将が、慈愛のこもったまなざしで翠蘭を見つめていた。

父の友人で、翠蘭の剣の師、そして慧の義父《ぎふ》にもあたる尉遅敬徳《うっちけいとく》だ。

『おじさま…』

『安心しなさい。賊《ぞく》は、もう討ち取ったから』

ほら、と敬徳が笑いながら差し出したのは、元吉の首だった。


玄武門《げんぶもん》での事件が起きる数日前、翠蘭は元吉に会った。

元吉は、ある佳人《かじん》の屋敷の庭で出会った翠蘭を手招きした。

その時、翠蘭は相手の正体を知らなかった。醜怪《しゅうかい》な容貌《ようぼう》と堂々たる体軀《たいく》を備えた元吉は、どことなく侮《あなど》りがたい威勢に溢《あふ》れていた。

ふらふらと歩み寄った翠蘭の顎《あご》を、背の高い元吉は立ったままで捉えた。一瞬、首を吊《つ》られたような感覚が生じて、翠蘭は息が詰まった。

『おまえ、誰の子供だ？』

元吉が尋《たず》ねた。

彼もまた、翠蘭の素姓《すじょう》を知らなかったのだ。

『商人の、……劉《りゅう》の子供です』

不作法《ぶさほう》な相手を睨《にら》み付け、翠蘭は強い調子で答えた。

『こちらの奥さまに、質のいい絹《きぬ》をお持ちしました』

そうか、と元吉は言い、そのまま翠蘭のそばを離れた。彼の足は、庭に出てきた年若い女に向いていた。幼い子供に対する興味など、すでに失われていたのだ。


翠蘭の視界から風景が消えた。

ただ真っ暗な闇が体を包む。

そんな中で、翠蘭は小鳥の鳴く声を聞いた。

可憐《かれん》で悲しげな声に導かれ、屋敷の中に入った翠蘭は、窓辺に置かれた鳥籠《とりかご》に鳥の姿を見つけた。鳥籠の外にも数羽の小鳥が集っていたが、彼らは翠蘭に気付くと飛び去った。

たった一羽で残された鳥籠の鳥は、いっそう悲しげな声で鳴いた。

思わず翠蘭は鳥籠の扉に手をかける。

しかし、横から伸びてきた白い手が、翠蘭の行動を制した。

『その鳥を放ってはいけません』

翠蘭が首を巡らすと、そこには世民の寵妃《ちょうひ》・楊氏《ようし》が立っていた。

白い顔に憂《うれ》いを宿した絶世の美女は、寂しげなまなざしで翠蘭に告げた。

『鳥籠で生まれた小鳥は、鳥籠の中でしか生きていけないのです』

『お妃《きさき》さま…』

翠蘭は掠《かす》れる声でつぶやいた。

楊氏もまた、世民と元吉の間で翻弄《ほんろう》された女性だ。若くして李元吉の正妃《せいひ》となり、彼の死後は世民の寵妃《ちょうひ》とされた。

再婚など珍しくない時世だが、義兄《ぎけい》の愛妃《あいひ》となった楊氏には軽蔑《けいべつ》の視線が注がれた。

『小鳥が好きですか？』

はい、と翠蘭は小さな声で答えた。

けれども、楊氏は不機嫌な顔で鳥籠《とりかご》をにらみ、かすかな吐息とともに吐き捨てた。

『わたくしは嫌いです。鳥籠の主に頼らねば生きていけない小鳥など…』

『でも、お妃さま…』

小鳥も懸命《けんめい》です、と翠蘭は言いたかった。

憂《うれ》い顔の佳人《かじん》に、少しでも微笑《ほほえ》んで欲しかった。

やがて、楊氏と小鳥も消えた。

翠蘭は闇の中で膝《ひざ》を抱える。

空腹は感じないが、つよい渇《かわ》きが体の内側にあった。

水が飲みたい、と頭の隅《すみ》で考えた時――。

生温《なまぬる》い水が喉《のど》に注ぎ込まれた。

天上の甘露《かんろ》にも勝《まさ》るだろう美味《びみ》を感じさせつつ、水は食道を滑り落ちていく。翠蘭は頬《ほお》を弛緩《しかん》させ、再び深い眠りの闇に身を沈めた。

目を覚ますと、ぼやけた視界の真ん中で炎が踊っていた。

これも夢の続きだろうか。おびえる翠蘭を力強い腕が抱き起こし、口許《くちもと》に椀《わん》のようなものを押しつけた。

飲め、と低い声がささやく。

抗《あらが》うすべもなく、翠蘭は椀の中身をすする。

とろりとした味のない、しかし温かな液体が腹まで一気に流れ込み、翠蘭の体の中心に小さな無色の炎を灯《とも》した。その炎は、ゆっくりと手足の先まで熱の糸を伸ばす。

もう少し眠れ、と命じられ、翠蘭はかすかに顎《あご》を引いた。たとえ命じられなくても、眠る以外のことは不可能だった。

そうして、何度も眠っては目覚め、目覚めては眠り——。

翠蘭は、夢とうつつの狭間《はざま》をさまよった。昼夜《ちゅうや》の別も分からず、時には自分が何者かさえも忘れ、苦痛と平穏《へいおん》を行き来する波に揺すられた。

時おり喉に注がれる水は美味だった。

とろりとした液体も、ともすれば冷たい水に沈むかのような翠蘭に熱を与える。

そうかと思えば、体の中心で悪心《おしん》が渦《うず》を巻き、せっかく腹の中で落ち着いていた水や熱を、根こそぎ体外に押し出してしまうこともあった。

夢には時として旧知の人々が訪れ、翠蘭を慰《なぐさ》めたり、苦しめたりした。一方で、まだ見たこともない吐蕃《とばん》の人々が現れ、やはり翠蘭を歓待《かんたい》したり、罵《ののし》ったりした。

けれど、おおむね翠蘭は穏やかな気持ちだった。

今の翠蘭は、死にかけた一人の女に過ぎない。父親が誰であれ、偽者《にせもの》の公主《こうしゅ》であれ、すべては死という力の前では何の意味も持たない。

悪心が渦巻《うずま》くと、死んだ方が楽だ、と思う。

だが、美味なる水を飲み下した後には、生きていたいと考える。

そうして徐々に後者の意思が勝《まさ》り始め、ほどなく翠蘭は、自分を取り巻く状況を把握《はあく》できるまで回復した。

翠蘭が身を置いているのは、森の洞窟《どうくつ》――。

側にいるのはリジムという男――。

「…リジム…」

翠蘭は呼びかけた。リジムが翠蘭の背中をささえ、いつものとろりとした液体を口に流し込もうとする直前に――。

「気が付いたのか、侍女《じじょ》どの」

応《こた》えたリジムの声は喜びに満ちていた。

その響きは、あたたかく翠蘭の耳に染《し》みてきた。

「…どうなったんだ、わたしは…？」

「先に、この薬を飲んでしまえ。汗と一緒《いっしょ》に体の毒を出してくれる」

「毒…？　わたしは、毒を飲んだのか…？」

あの夜食べた魚が悪かったのだろうか、そういぶかしむ翠蘭の口に、リジムが液体が注ぎ入れた。温かな液体は、病《や》んでいる時よりも格段に美味《おい》しく感じられた。ほのかな甘みが舌を愛撫《あいぶ》し、やわらかな香りは心を和《なご》ませる。

翠蘭は空腹を覚え、少しばかり熱心に液体をすすった。

すると、リジムが声をたてて笑い、脱力したままの翠蘭の肩を二、三度、揺すった。

「腹が減ったんだな。いいことだ。毒と言うのは、体に溜《た》まった疲れや熱のことだ。…遠くへ戦《いくさ》に出て、雨に当たったりすると、若い兵士が同じような病《やまい》になることがある。時には薬も効かないが…」

リジムは、そこで言葉を切り、何度か頭を振って苦笑いした。

「侍女どのは大丈夫《だいじょうぶ》だ」

そうか、と翠蘭は力なくつぶやく。まだ、大丈夫だとは思えない。そんな翠蘭を気遣ってか、リジムがやわらかく体を横たえる。体を動かすと、目眩《めまい》が生じた。

それを抑えるために、翠蘭はまぶたを閉じた。


次に目を覚ますと昼間だった。

洞窟《どうくつ》の中は薄暗いが、入り口から白っぽい光が差し込んでくる。

翠蘭は苔《こけ》の寝床《ねどこ》から出ようとした。しかし、腕にも背中にも力が入らなくて、上半身を起こすのが精一杯だ。背筋を伸ばして座ることもできず、体が前に傾いていく。

果実を手にして戻ったリジムが、急いで翠蘭の背後に回って背中を支えた。

「無理をするな、侍女《じじょ》どの」

「でも…。わたしが倒れてから何日たった？」

「四日だ。侍女どのは、三日ほど意識を失ったままだった」

両膝《りょうひざ》をたてて翠蘭の後ろに座ったリジムは、両手を前に渡して採《と》ってきた果実の皮を剝《む》き始める。すっぽりと彼に抱え込まれる格好になった翠蘭は、ぬくもりとともに抑えがたい緊張を覚えて身を固くした。

何をされるとも思わないが、背後を押さえられると、相手の支配下に置かれたような気分になる。他人と接する時には、やはり適度な距離が必要なのだと実感する。

もっとも健康な時に比べて体の反応は鈍《にぶ》い。ぐったりと胸にもたれる翠蘭の動揺《どうよう》には気付かず、リジムが手の中の果実を切り分けた。

「ほら。この実は甘くて、喉《のど》にもいいんだ」

一口大に切った薄紅色《うすべにいろ》の果実を、リジムが翠蘭の口に運んだ。さわやかな香りにも促され、翠蘭は小さく口を開く。すぐに、瑞々《みずみず》しい果肉が口腔《こうこう》に滑り込んだ。翠蘭は滴《したた》りかけた果汁《かじゅう》をすすり、リジムの指先を噛《か》んでしまった。

「流されたのが夏でよかったな」

リジムは小さな笑みをこぼし、翠蘭の肩越しに自分の口にも果実を運ぶ。

「これが冬なら食べる物に困ったはずだ。いや、川に落ちた時点で死んでいるか。それとも川面《かわも》が凍って、流されることもなかったかもな」

「…おまえには余計な仕事だったな」

次なる果実を口に押し込まれた直後、翠蘭がつぶやくと、リジムは首を傾《かし》げた。

「仕事？　仲間のところへ戻るのに『余計な仕事』はないだろう？」

「でも、こんな面倒なことになるなんて…」

「おれに迷惑をかけた、と思っているのか？　それなら気にしなくていい。平原で見かけた時から、おれは侍女どのと二人で話してみたかった」

「わたしと話を？」

翠蘭には、リジムの言っていることが理解できなかった。

彼が知りたがっていたのは公主《こうしゅ》の様子のはずだ。そういう意味でなら彼の願望は正しいが、今もなお翠蘭を侍女《じじょ》と思い込んでいるのだから納得できない。

「公主のことを訊《き》きたかったのか？」

「そうじゃない」

「では、何を話す？」

しつこく質《ただ》す翠蘭の口に、リジムが果実を押し込み、親指でかるく唇を拭《ぬぐ》った。

「男物の胡服《こふく》を着ている理由を知りたかった」

「それは、もう答えたぞ」

「では、一緒《いっしょ》にいた武官《ぶかん》のことだ」

「道宗《どうそう》どの？」

「違う。胡人《こじん》の男がいただろう」

「慧《けい》は、わたしの幼馴染《おさななじ》みで兄弟子だ」

答えを口にした瞬間、翠蘭は、まずいかなと思った。

本来ならば公主の護衛官だと答えるべき質問だ。

リジムが本当に吐蕃の臣ならば、素姓《すじょう》の知れるような返答は避けるべきだった。

まだ頭がしっかりしないのに、と翠蘭は面倒に思う。背中に触れるリジムの温もりになれてしまえば、今度は眠気が生じてくる。

けれど、次なるリジムの言葉が、翠蘭の眠気を追い払った。

「川岸で会った時は、侍女どのの夫か恋人だと思った。公主よりも、侍女どののことを心配しているように見えたからな」

「公主の侍女は皆、未婚だぞ。吐蕃王の側妾《そくしょう》に選ばれるかもしれないからな。もちろん、王が望めばの話だが」

「…侍女どのは、それでいいのか？」

「わたしは、嫌だと思う」

「そうか…」

断言した翠蘭から、リジムがそっと離れる。

「体を起こすと疲れるだろう。もう少し休め」

掌《てのひら》についた果汁《かじゅう》を気にして、もはや体には触れないリジムにうなずき、翠蘭は半《なか》ば崩《くず》れるように身を横たえた。苔《こけ》の寝床《ねどこ》もリジムの上着もそれなりに温かかったが、先ほどまで背中に感じていた温もりには及ばなかった。


さほど眠くはなかったが、横たわると眠りに沈んでしまった。

火のはぜる音に起こされて目を開くと洞窟《どうくつ》は朱赤の闇に満たされている。

形よく積まれた薪《まき》を黒く染めながら、赤い炎が躍っていた。

炎の向こうにはリジムの姿がある。彼は片膝《かたひざ》をたてて座り、翠蘭の方を見ていた。炎を映す瞳は、どこか獲物を狙う獣《けもの》を思わせた。

「…リジム？」

やはり自分を殺す気なのだろうか、と頭の隅《すみ》で考えながら翠蘭は呼びかける。

「目が覚めたか、侍女《じじょ》どの」

応じたリジムの声は穏やかで、まなざしも優しく変化した。

その変化は、意識的なものではなかった。物思いにふけっていたせいで、目付きが鋭くなったのかもしれない。

「何か問題でも起きたのか？」

「いや、妻のことを考えていた」

「ふうん。リジムは結婚しているのか。それなら早く戻りたいだろうな」

首を持ち上げて言った翠蘭に、リジムがゆるく微笑《ほほえ》んだ。

「妻は、三年前に亡くなった」

「あ、…すまない」

咄嗟《とっさ》に言葉が浮かばず、翠蘭は謝《あやま》ってしまった。

すると、リジムは両目を見開き、かすかに口角《こうかく》を持ち上げた。

「謝らなくていい。侍女どのには関係ない話だ」

「それは、そうだけど…」

翠蘭が口ごもると、リジムは小さく自嘲《じちょう》する。

「こういう言い方がよくないんだな。妻は、ずっとおれを嫌っていたから…」

リジムが言葉を切って、奥歯を嚙《か》み締めた。

翠蘭はかけるべき言葉も思い付かず、リジムから目をそらした。

若いのに気の毒だ、と思う。両親や祖父母の暮らしぶりを思い浮かべると、尚更《なおさら》そう思う。夫婦の愛情はよく理解できないが、知人や友人を亡くすのと変わらずつらいはずだ。

でも、と翠蘭は、別の場所から浮上してきた疑念を見つめる。

リジムは何故《なぜ》、翠蘭を見て病《やまい》で亡くなった妻を思い出したのだろう？

それは、翠蘭の具合も悪いということではないか。能天気に世話を受けているが、本当はわずかに小康《しょうこう》状態を保っているに過ぎないのではないか。

もし、この状況で翠蘭が死んでも、国元の家族が罰《ばっ》せられる懸念《けねん》はない。だが、隊列の責任者である道宗や、護衛官である慧はきびしく咎《とが》められるはずだ。仮に慧が罪人として長安《ちょうあん》に連行されれば、朱瓔《しゅえい》を守ってくれる者がいなくなる。

もとより慧は、朱瓔のことなど心配していない。

身よりもなく足の不自由な朱瓔を、遠い長安まで送り届けてくれるような奇特《きとく》な人物がいるだろうか。吐蕃の臣であるサンボータは親切だったが、それは朱瓔が公主《こうしゅ》の媵人《ようじん》だと考えていたからではないか。

それに、焚き火《たびび》を破裂《はれつ》させた力については何も分かっていない。

とりあえずはリジムの言葉を受け入れ、赤嶺《ドニデラ》に戻るのが先決と考えていたが、翠蘭が戻れなければ朱瓔はどうなるのか。

様々な仮説が浮かんでは消える。

翠蘭は、こっそりと焚《た》き火《び》の向こうのリジムを盗み見た。

「リジム、訊《き》いてもいいか？」

口を開くと、乾いて張り付いて唇がぱりり、と音をたてる。

ああ、とリジムが低い声で応《こた》えた。

「おまえはなぜ、わたしを助けてくれたんだ？」

「それは、…公主《こうしゅ》の侍女《じじょ》を死なせては悪いと思ったからだ」

「理由は、それだけか？　本心から言っているか？」

「他になにがあるというんだ」

「本心なら頼みたいことがある」

「頼み？」

「うん。もしも、わたしに何かあったら、おまえたちが公主と間違えて『助けた』朱瓔を、長安の劉家まで送り届けてやってほしい」

炎の向こうのリジムが動きを止めた。

横たわったままで悪いと思い、翠蘭は上半身を起こした。けれど、昼間に起き上がった時よりも、体が重く感じられた。

リジムが立ち上がって近付いてきたので、翠蘭は小さく詫《わ》びて横たわった。

「こんな格好ですまないが…」

「いま何と言った？」

翠蘭の間近に片膝《かたひざ》をついて、リジムは固い声で尋《たず》ねる。

息をついた翠蘭は、喉《のど》から声を絞《しぼ》り出した。

「朱瓔は、公主じゃないんだ」

「では、本物の公主はどこにいる!?」

「…おまえの、目の前に」

石を吐き出すような違和感が喉に生じた。

ぴくり、とリジムの頬《ほお》が動いた。

——本物、でもないけれどな…。

ふいに翠蘭は、何もかもぶちまけてしまいたい衝動に駆《か》られた。自分が中書侍郎《ちゅうしょじろう》の娘であることも、商家の育ちであることも、洗いざらいリジムに語りたくなった。

そうすれば今よりも楽になれる気がする。

だが、翠蘭は必死で誘惑を振り払った。

吐蕃の臣であるリジムには話せない。かろうじて働いた自制心は、とりもなおさず翠蘭自身が生きたがっている証拠のようにも感じられた。

「本当に、…おまえが公主か?」

翠蘭は、大きく顎《あご》を引く。

「何故《なぜ》、嘘《うそ》をついた!?」

「最初に間違えたのは、そっちだ。朱瓔は、わたしを逃そうとした。わたしも、あの時は朱瓔を公主《こうしゅ》と思わせた方が、彼女にとって安全だと思った。あとは、…なりゆきで…」

「どうして、急に白状する気になった？」

「リジムの奥方の話を聞いたら、…わたしも死ぬんじゃないかと思えて…。それは仕方ないことだが、朱瓔のことだけは諦《あきら》めきれない…」

聞いているのかいないのか、リジムは翠蘭の肩を摑《つか》んで半身を引き起こした。

ひどく乱暴なやり方で、指にも力がこもっている。

翠蘭は、痛みに耐えかねて顔をしかめた。

その顔を、リジムが正面から覗《のぞ》き込んだ。

「おまえが、公主…？」

「そうだ」

答える声が、わずかに震えた。

リジムの目は、焚《た》き火越《び》しに翠蘭を見ていた時の目に戻っていた。

狩りをする時の獣《けもの》の目、生死を見据《みす》える真剣な目だ。

噛《か》み付かれるのではないか、と翠蘭は疑う。

リジムのまとう空気は、山猫《リジム》というよりも虎《とら》を思わせた。

「…放せ、リジム、…肩が痛い…」

長い沈黙の末、翠蘭は耐えかねて声を漏《も》らした。

すると、リジムは無言で翠蘭の肩を押し、今度は背中を苔《こけ》の寝台に押しつけた。

肩の骨を潰《つぶ》す気だろうか？

しかし翠蘭は、目だけは逸《そ》らさなかった。危険な獣とは視線を合わせないのが定石《じょうせき》だが、いったん視線を合わせてしまったら、今度は相手が根負《こんま》けするまで戦わなければならない。

そうして、しばらく見つめ合い――

翠蘭は、さらなる変化に気付いた。

真上から注がれるリジムのまなざしが、頼りなく揺れている。

翠蘭は重い腕を持ち上げて、彼の頬《ほお》に触れた。

涙で濡れているかと思ったが、指先は乾いたままだった。

「…リジム？」

ふいにリジムが離れた。翠蘭は、首だけをかすかに持ち上げる。

「さっきの返事は？　リジム？」

「…考えておこう」

リジムの重い声を聞くと、体の芯《しん》からどっと疲れが湧いてきた。

もう、これ以上は喋《しゃべ》れない。

翠蘭は意識を投げ出す心地《ここち》で目を閉じた。

かなり日が高くなった頃、翠蘭は予想に反して、すっきりとした気分で目覚めた。

まだ体はだるいが、頭や関節の痛みは消えている。悪心《おしん》もなく、体の内側にあるのは、健康的な空腹感だけだった。

翠蘭が目覚めた時、洞窟《どうくつ》にリジムの姿はなかった。

置き去りにされたかと思ったが、彼はすぐに山鳥と多量の蔓《つる》を抱えて戻ってきた。

鳥を捌《さば》いて食事を終えたリジムは蔓を編み始めた。焚《た》き火《び》の薪《まき》を絶やさないように気を配りつつ、熱心に作業を進める。

翠蘭は横たわったまま、そんなリジムを見ていた。

リジムの顔を見る度に、はじめて会う相手のような気がする。一方では、よく知った懐《なつ》かしい相手のようにも思える。

その不思議さからか、気が付くとリジムの姿を目で追っている。

あの夜の川岸でもそうだった。彼は、存在そのもので翠蘭の調子《リズム》を乱したのだ。

「昨夜、話を聞いた後で考えたんだが――」

日が暮れる直前に作品を完成させて、リジムが切り出した。

「とにかく公主《こうしゅ》どのが無事にドニデラへ戻れれば問題は解決するわけだ。だから、おれが公主どのを背負っていこうと思う」

「で…でも、背負うと言ったって…」

『侍女《じじょ》どの』から『公主どの』に昇格した翠蘭は口ごもる。

相手が子供ならともかく、人一人を背負って歩き続けられるものだろうか。

「公主どのが、どうしても嫌だと言うなら、おれは一人でドニデラに戻って、唐《とう》の隊列の誰かを連れてくる。その間の食料や薪は充分に用意するつもりだが、ここは吐谷渾《とよくこん》の領地だ。できれば一緒《いっしょ》に戻ってほしい」

どうだ、と尋《たず》ね、リジムが小枝を数本、焚き火に投げ込む。

翠蘭は小さく口を開けて、とんでもなく気前のいい提案をしたリジムの顔を凝視《ぎょうし》した。

「……いいのか、リジム？　……わたしは重いぞ」

「それでもヤクの子供よりは軽いはずだ」

リジムは妙なものを引き合いに出した。

それだけで、翠蘭は協議する気をくじかれた。


翌朝、出発に際してリジムは、荒く編んだ蔓で背中におぶった翠蘭の体を固定し、両端を輪にして肩にかけた。弱っている翠蘭の体を支え、なおかつ自分の片手を自由に使うためだ。

洞窟を発《た》ってから、すぐに翠蘭は気付いた。

森をおおう灌木《かんぼく》は依然として存在し、先へ進むためには剣を振るわねばならない。

翠蘭は、深く考えもせず、安直《あんちょく》に提案を受け入れた自分を恥じた。

しかし、いまさらやめようとも言い出せない。リジムは黙々《もくもく》と剣を振るい、絶え間なく玉なす汗をこぼす。翠蘭はできるだけリジムに協力したかった。けれど、腰に負担をかけまいと肩に添えた手に力を入れると、それだけで剣を振るう手を妨《さまた》げるような気がした。

「やっぱり、わたしも歩くよ」

けれど、リジムは翠蘭の腰を支えた手に力をいれて、無謀《むぼう》な申し出を退ける。

「我慢しろ。元気になったらマメがつぶれるほど歩かせてやる。ここで無理をされて失神されたら、いくらおれでも途方に暮れる。たとえ公主《こうしゅ》どのがヤクの子供より軽くても、とてもドニラまでは運べない」

「でも…」

「背負われているのが辛《つら》いのは分かる。具合が悪い時は、とくにそうだ。おれも戦《いくさ》に出てひどい怪我《けが》を負った時、板に乗せられて運ばれるのが辛かった」

「それは、いつのこと？」

翠蘭の問いに、リジムがためらいを示しつつ答えた。

「…二年前に松州《しょうしゅう》を攻撃した時だ。おれは唐軍の陣地《じんち》深くに入り込みすぎて、背中を斬《き》られた。死ぬほどの傷ではなかったが、自分の足で歩くことができなかった」

うん、と翠蘭はひとりごちた。

まだ幼い頃の出来事だが、翠蘭も刀傷《かたなきず》が原因で高熱を出したことがある。

刃先をつぶした剣で敬徳の私兵《しへい》たちと模擬《もぎ》試合をした時、一本だけ加工されていない真剣が混じっていたのだ。しかも悪いことに翠蘭がそれで怪我を負うことになった。

もっとも、翠蘭の怪我は、戦のそれとは比べ物にならない。医師も傷のせいではなくて、予期せぬ怪我による精神的な痛手を受けたのだと説明した。

それでも、翠蘭は床《とこ》から起き上がれないほどの状態に陥《おちい》った。

あの時、翠蘭は自分の対戦相手だった兵士のことを、ずっと心配していた。真剣を用いたのは彼の不注意だが、自分も同じくらい迂闊《うかつ》だったと考えていた。

だが、弁解しようにも、翠蘭は高熱にうなされて、まともに話もできなかった。

後日《ごじつ》、翠蘭はその兵士がひそかに処刑されたことを知った。

彼が、翠蘭の母親の代理という人物から金を受け取り、事故にみせかけて翠蘭を殺そうとしたのだ、と知るまでには、さらに数年の年月を要した。

もっとも、母が娘である翠蘭を殺そうとしたのは、それ一度きりでない。

けれど、一年を通じてのことでもなかった。夏のはじめ、空気に熱と湿気《しつけ》が混じり始めると、彼女はいつも翠蘭に関してのみ正気《しょうき》を失ったのだ。

「公主どの？　気分が悪くなったのか？」

やわらかなリジムの問いかけが、翠蘭の追憶を追い払う。

「大丈夫《だいじょうぶ》」

翠蘭は答え、もう終わったことなのだ、と自分に言い聞かせた。

二度と母に会うことはない。あの悲しげな瞳も、悪鬼《あっき》の形相《ぎょうそう》も、後悔《こうかい》にうちひしがれた姿も、翠蘭の目には映らない。おそらく今生《こんじょう》では顔を合わせることもないだろう。

「それよりも、わたしを背負っていて傷が痛まないか？」

「もう枝で突かれても痛くない」

「それは、おまえが鈍感《どんかん》だという自慢か？」

翠蘭の呆《あき》れ声に、思いがけずリジムの耳が赤く染まる。

「皆にもよく、そう言われる。おれは鈍感だろうか？」

「それは、…分からない。わたしは、おまえのことをよく知らないから――」


相当の距離を歩き、ようやくリジムが足を止めたのは、川岸に開けた平らな岩場だった。川は浅瀬になっていて、日向《ひなた》と日陰が程よく混在している。

リジムは翠蘭を岩場に座らせ、自分は服を脱ぐと水浴びを始めた。

翠蘭も水浴びがしたかった。けれど、身を隠すような場所もない。

せめて体を休めておこうと、翠蘭は岩の上に身を横たえた。

銀色の飛沫《しぶき》を散らし、リジムは水の冷たさを満喫《まんきつ》している。その左肩からほぼ垂直に、褐《かっ》色《しょく》の肌を走る大きな傷があった。

完治《かんち》した状態でも、当時の怪我《けが》のひどさを想像させる傷だ。

川に落ちた翌朝、洞窟《どうくつ》でもリジムは服を脱いだのに、翠蘭は気付かなかった。

それは迂闊《うかつ》というよりも、彼が背中を向けなかった証拠だろう。隙《すき》だらけに見えたが、リジムも少しは翠蘭を警戒していたのだ。

そう思うと、不謹慎《ふきんしん》にも、わずかばかり慰《なぐさ》められる心地《ここち》がした。

「退屈そうだな、公主《こうしゅ》どの」

水浴びを終えて戻ったリジムが、笑いながら話しかけてきた。彼は荒く絞《しぼ》ったシャツで体を拭《ぬぐ》うと、それを岩の上に広げて乾かし始める。

リジムが近くにきた途端、翠蘭はかるい緊張を覚えた。

変だな、と思い、翠蘭は身を起こす。

二日前に肩を掴《つか》まれたせいかと考えたが、痛みはもう消えている。

それなのに、鼓動《こどう》が速度を増している。

理由を探すべく、翠蘭は両腕を前に伸ばした。ずっと身に着け続けている胡服《こふく》は汗まみれだ。肩に垂れかかる髪も、埃《ほこり》っぽくて艶《つや》を失っている。

改めて自分を観察すると、じわじわと羞恥心《しゅうちしん》がわいてきた。

「どうした？」

「わたしも水浴びがしたい」

「やめておけ。また具合が悪くなるぞ」

「でも、…汗をかいたし、髪だってぼさぼさだ」

「ぼさぼさ？　そうか？」

訴えた翠蘭の髪を一房《ひとふさ》、リジムが指先にすくい取る。

くすぐったくて、翠蘭は首をすくめる。

「リジム、放して…」

翠蘭が頼むより早く、リジムが髪に唇を押し当てた。

髪の先に神経はないはずなのに、翠蘭の体を奇妙な感覚が走り抜ける。

思わず翠蘭はリジムの手を振り払った。

「よせ、狗《いぬ》みたいな真似《まね》をするな‼」

直後、リジムの顔から表情が消えた。

それ以前に、すでに翠蘭は激しい後悔《こうかい》を覚えていた。

いくら驚いたからといって、狗というのはひどい侮辱《ぶじょく》だ。

けれど、後悔が強すぎて、謝罪の言葉が浮かばない。わずかに唇を震わせて、翠蘭に背を向けたリジムの全身から漂《ただよ》う拒絶《きょぜつ》の気配も、翠蘭の口から言葉を奪った。

彼は黙って森に消え、ほどなくして戻るとシャツを身に着けた。

翠蘭を置き去りにする気はないらしく、無言のままで背中に背負う。

「リジム…」

「しばらく黙っていろ！」

いたたまれずに呼びかけた翠蘭に、リジムは強い調子で命じ、剣の一振りで生木《なまき》をたたき切った。一握りもありそうな木は、リジムが刃《やいば》を返すまで待ってから地面に落ちる。

それだけで翠蘭はすくんでしまった。

もはや声も出せず、先程までとは種類の違う胸の痛みを感じながら、それでもリジムの背中にへばりついているしかない。

もし喋《しゃべ》れと命じられても、翠蘭はうまく声が出せなかっただろう。

だが、さいわいなことに、リジムが求めているのは沈黙だった。


ディ・セルは左手をみぞおちに当て、心持ち体をかがめた。

――胃が痛い…。

この世に生まれて四十二年間、幾度となく心の中でつぶやいた台詞《せりふ》を繰り返す。

実際の痛みはなく、むしろ胃に感じるのは不快感だったが、それでも痛いと断じてしまえば、台詞自体が薬のようにディ・セルの気持ちを落ち着かせてくれた。

数日前、ドニデラの中腹で事件が起き、ディ・セルの果たすべき役割は一変した。

公主《こうしゅ》の迎えから、吐谷渾との交渉《こうしょう》に切り替わったのだ。

その予期せぬ転換は、大いにディ・セルを戸惑わせていた。

事の発端《ほったん》は、事件の翌日。

いずこからか馬で戻ったサンボータの報告にあった。

『公主さまが、リジムさまと一緒《いっしょ》に川へ転落なさいました』

この報告を耳にした時、ディ・セルは天地がひっくり返るほどの衝撃を受けた。

サンボータが口にしたのは、この地にいるべきではない人物の名前だったからだ。

『い…いかがすべきかな』

『道宗さまに報告申し上げ、この地を統《す》べる諸葛鉢《だくかっはつ》王に助力を仰《あお》ぐしかないでしょう』

七つ年下の白髪の大臣は、おちついた声音《こわね》で答えた。

彼の提案を聞いた途端、ディ・セルもそれしかないと思った。

諸葛鉢王の吐谷渾は、吐蕃と敵対している。

それでも隊列の移動を黙認《もくにん》するのは、唐との関係を保ちたいからだ。

公主の降嫁《こうか》に際しては、唐から協力を求める使者が出されたとも聞いていた。

だからこそ逆に、隊列側も本来の目的とちがう行動をとる場合、諸葛鉢王に許可を求める必要がある。勝手に一処《ひとところ》にとどまるわけにはいかないのだ。

それに、人足《にんそく》たちの逃亡により、隊列は兵士ばかりになっていた。

これでは、ますます拙《まず》い。

たとえ、誰とも知れない相手に攻撃されたせいであっても、兵士の大半が怪我《けが》をおっていても、もはや諸葛鉢王に知らせないでおくことは不可能だった。

『公主さまが川に転落なさったことは言わないでください』

サンボータは注意した。

『それから、リジムさまがご一緒であることも』

『承知した』

そんなことは分かっている、と心の中で叫びながら、ディ・セルは神妙にうなずいた。

別にサンボータに対して反意があるわけでもない。むしろ、頼りにしているし、的確な指示には従おうという積極的な気持ちもある。

ただ、心の中でわめくのは、昔からの精神の均衡《きんこう》を保つためのディ・セルの方法だ。

『諸葛鉢王は、公主《こうしゅ》さまを探すための兵を出すだろうか？』

ディ・セルは、サンボータに意見を求めた。

公主が見つからねば困るが、さりとて諸葛鉢王の吐谷渾が、吐蕃のために働くとも思えない。いや、悪くすれば公主を殺しておいて、吐蕃に責任をなすりつけ、唐との同盟《どうめい》を邪魔《じゃま》することも考えられた。

むしろ、その疑いの方が核心に近い気もする。

夜営地《やえいち》を襲った騒乱《そうらん》の首謀者《しゅぼうしゃ》も、まだ捕まるどころか見当もついていないのだ。

『川の一件は伏せておくべきです。公主さまに連れがいることも、どちらの方向に行かれたかも伏せるべきです』

あくまで冷静に、サンボータが答えた。

『私は、すでに宣王《せんおう》に諸葛鉢王の説得をお願いしました。現段階で、吐蕃とことを構えるような真似《まね》は得策ではない、と説いていただきます。あとは、リジムさまが自力で戻られるのに期待しましょう。さいわい、チュツァリが護符《ごふ》の具合から、お命に別状はないと申しました』

『しかし…』

公主さまはどうなのだ、とディ・セルは視線で尋《たず》ねた。

死んでもらっては困る。もちろん、吐蕃のために——だが、ディ・セルの内側には、公主個人を案じる気持ちも強かった。

昨年の夏の終わり、ディ・セルは一人娘を他家に嫁《とつ》がせた。

風変わりだが、親しみのある公主に接していると、娘を思《ほか》い出す。

そんなディ・セルの視線を受け止め、サンボータは朗らかに微笑《ほほえ》んだ。

『リジムさまがご一緒《いっしょ》なら、きっと公主さまも無事に戻られますよ』

『…そうだな』

いささかならず暗い気持ちでディ・セルはうなずいた。

ここにガルがいれば、と思った。

実は、ディ・セルは王の密命を受けて、ガルを長安《ちょうあん》に置き去る工作をしたのだ。あまりうまくいったという実感はないが、とりあえずガルは長安に慰留《いりゅう》された。

あまり大臣に指図《さしず》しない年若い王の、わがままとも言える命令に、ディ・セルはいささか悲しい気持ちで従った。こんな事件が起きるとは夢にも考えていなかったのだ。

『ガルさまのことを考えておられるのですか?』

後悔《こうかい》で顔を白くしたディ・セルに、笑いを含んだ声でサンボータが尋ねた。

ディ・セルは、何もかもを打ち明けてしまいたいと思いながら顎《あご》を引いた。

『それも、まあ、大丈夫《だいじょうぶ》ですよ』

サンボータの声音《こわね》はあくまで軽《かろ》やかだ。

『ガルさまなら、ご自分で何とかなさいます。何せ「不可能のない四人」の筆頭《ひっとう》ですからね』

では、よろしくと頭を下げて、サンボータが報告を終えた。

隊列の惨状《さんじょう》と公主《こうしゅ》の不在に頭を抱える道宗にも報告せねば、とディ・セルは考えた。

――ああ、胃が痛い……。

あの時も、ディ・セルは胃を撫《な》でていた。

報告の最後を飾ったサンボータの軽口も、少しばかり気に触った。

『不可能のない四人』とは、二年前に即位した王の側近、宰相《さいしょう》のガル・トンツェン・ユルスン、次官のディ・セル・グントゥン、大臣のトンミ・サンボータとニャン・ティサンに冠《かん》された国民の称賛だ。

しかし、もちろん不可能がなかろうはずもない。

特にディ・セルは、天才肌の諸氏《しょし》に囲まれて、胃のうずく日々を過ごしていた。

もっとも一方で、ディ・セルは、小さなことで満足できる自分という人間も熟知していた。

おそらく、公主が無事に戻り、いつもの笑顔で自分を労《ねぎら》ってくれさえすれば、それだけで報《むく》われた気持ちになれるはずだ。

そのためにも、諸葛鉢王との交渉《こうしょう》には全力を傾けねば――。

生真面目《きまじめ》な結論にうなずき、ディ・セルはふたたび道宗との打ち合わせに足を運んだ。

五、黒い兵士

翠蘭《すいらん》の失言《しつげん》から始まった喧嘩《けんか》は、日が暮れるまで最悪の状態で続いた。

一言も交わさずに進む行程はひどく長く感じられる。

照り付ける太陽と無理な移動で消耗《しょうもう》しきっていた翠蘭は、半《なか》ばを気を失うようにリジムの背中で眠りに落ちた。

涼やかな風に髪をなでられて、目を覚ました時には日が傾いていた。

頰《ほお》をつけたリジムの肩は汗だくで、翠蘭自身の衣服もかなり湿っていた。

「起こしてくれればよかったのに」

つい翠蘭は恨《うら》みがましく言った。

脱力した人間を背負うのは骨だ、と今朝方《けさがた》、リジムに言われたばかりなのだ。言い争いをした挙げ句、背中で眠り込んでは嫌がらせをしているようだ、と思う。

それなのにリジムは、翠蘭の言葉を無視して夜営地《やえいち》を探し始めた。

ほどなくして見つかった夜営地は、藪《やぶ》の奥の窪地《くぼち》だった。苔《こけ》が生えているのは一部だが、そのほうが火を焚《た》くのに都合がいい。

リジムは、地面の具合を確かめてから翠蘭を降ろした。

即座に体を伸ばそうとした翠蘭は、長いこと膝《ひざ》を曲げていたせいで、立ち上がった瞬間によろけて藪《やぶ》に倒れ込んだ。

「気をつけろ」

リジムが冷たく言い放ち、翠蘭の腕をつかんで引き起こす。

翠蘭は、礼も言わずにリジムを睨《にら》み付けた。

一瞬、リジムが悲しげな顔になり、思いがけず翠蘭を驚かせる。けれど、彼はまた何も言わないままに夜営地《やえいち》から出て行った。

疲労のせいで地面に伏せた翠蘭は、またしても眠ってしまった。


気が付くと、すっかり夜が更《ふ》けていた。

小さな焚き火の向こうで、リジムが眠っている。

翠蘭の肩には彼の上着が掛けられ、かたわらには果実と小量の炙《あぶ》り肉が置いてあった。つまり、翠蘭はリジムが戻っても、彼が調理をしていても眠りこけていたというわけだ。

そんな翠蘭を起こさず、リジムも用事を済ますと眠りについたのだろう。

赤嶺《ドニデラ》に戻るという目的を果たすのに、これ以上は話をする必要がないのだ、という事実に翠蘭は改めて気付いた。

予定外の重労働を強《し》いられたリジムも、その方が体が休まるはずだ。

だが、翠蘭は寂《さび》しさを感じた。

こんなことなら最初から距離を置いて接すればよかったと思う。一度、与えられたものを取り上げられるのは、最初から与えられないよりも百倍もつらい。

もっとも、そんな自分の考えが、単なるわがままに過ぎないことも分かっていた。

翠蘭は、緑色の果実を手に取る。

少しでも食べて、早く元気にならなければいけない。

しかし、つるりとした皮をもつ果実は石のように固く、どうやって食べればいいのか分からない。炙り肉も表面の脂身《あぶらみ》が固まって、とても口にしたい代物《しろもの》ではなかった。気分が落ち込んでいるせいか、もう一度、焚き火で炙るという発想も浮かばない。

結局、翠蘭は息をついて、ふたたび体を横たえた。

傍《かたわ》らに置かれた夕食は、そのまま朝食に変更しようと考えながら——。


その夜は眠りが浅くて、何度も途中で目が覚めた。くり返し嫌な夢を見たので、翌朝、不機嫌なリジムの顔を見た時も、夢の続きではないかと疑った。

「何故《なぜ》、食べないんだ？」

まだ意識が朦朧《もうろう》とした翠蘭に、リジムの強い声が問いかけた。

ぼうっとした顔つきで翠蘭が見つめ返すと、彼は忌《い》ま忌《い》ましげに舌打ちし、藪の向こうに果実と肉を投げ捨てた。

「あっ、何するんだ⁉　もったいないじゃないか‼」

咄嗟《とっさ》に叫んだ翠蘭に、リジムの顔が一層けわしくなる。

「それなら、どうして昨夜《ゆうべ》のうちに食べなかった？」

「食べ…方が分からなくて…」

「おれを起こせばいいだろう」

「だって、…疲れてるのに」

翠蘭は口ごもりながら答えた。リジムの剣幕《けんまく》は恐怖を感じるほどではなかったが、自分の立場を考えると、自然に声の音調《トーン》が低くなる。

それがまたリジムの気に触るのだ、とは想像も及ばなかった。翠蘭は、卑屈《ひくつ》な態度をとるからといって、相手に苛立《いらだ》ちを感じたことがなかったのだ。

「おれの体を気遣《きづか》うよりも、きちんと食って元気になってくれた方がいい」

吐き捨てられたリジムの言葉が、翠蘭の耳に突き刺さった。

「…だから、…食べ方が分からなかったんだ。あんな果物、漢土《かんど》にはないもの」

翠蘭がつぶやくと、リジムは顔をゆがめて嫌味《いやみ》たらしい口調で言う。

「狗《いぬ》のエサとでも思ったか」

その言葉を耳にした途端、翠蘭の胸に怒りの火がともった。

「そんなこと、言ってないだろ‼　狗なんて口走ったのは、わたしが悪かったよ‼　でも、リジムだって、謝《あやま》らせてくれなかったじゃないか!!」

「へえ、謝るつもりはあったのか。だが、相手に機会を作ってもらおうなんて、本気で謝る気があったとは、とても信じられない」

「リジムは、怒ってる時の自分がどんなに怖いか、知らないんだな!! そんなふうだから、奥方だって、……っ！」

しまった、と思うのは何度目だろう――と翠蘭は考えた。

後悔《こうかい》することが多すぎて、一々を検証している余裕《よゆう》がない。いっそ消えてなくなりたいと翠蘭は願った。

けれど、本当に消え去れるわけもなく、翠蘭は両手で顔を覆《おお》って屈《かが》み込むことしかできなかった。自分が見ていないうちに、リジムが立ち去ってくれれば、とさえ考えた。

もちろん、そんな勝手な望みが実現するはずもなく、リジムは無言で朝食の支度《したく》に取りかかる。そして、それを翠蘭にも供すると、背に負うて夜営地《やえいち》を出発した。


その日も、日が暮れるまで無言の行程が続いた。

昼食の折にもリジムは黙ったままだった。だが、食事の用意を整える彼の横顔は、怒っているというよりも考え込んでいるふうに見えた。

夜営地を見つけてからも同じだ。

炎に赤く照らされた彼の顔は、思案《しあん》に暮れる人間のそれだった。

翠蘭は、焚《た》き火《び》を挟《はさ》んで向かい側に座り、じっとリジムの様子を窺《うかが》っていた。あたりは真っ暗で、少し離れた場所からフクロウの声が聞こえた。

漢人《かんじん》にとって、フクロウは悪鳥だ。

けれど、翠蘭は物悲しく響くフクロウの声が好きだった。彼らの声は夜の闇を際立《きわだ》たせる。あるいは、不孝の鳥と呼ばれる彼らに、勝手な共感を抱いているせいかもしれない。

「フクロウが鳴いているな」

抑揚《よくよう》のない声でリジムが言った。

もはや翠蘭との会話を拒絶《きよぜつ》する気はないらしい。処理を終えた魚を焚き火の周りに並べると、金や緑の小粒の果実を翠蘭に差し出して、食えと勧めた。

翠蘭はひとつ受け取って、手の中の果実を眺めた。

形はナツメの実に似ているが、軽く押した時の感触は柑橘類《かんきつるい》のようだ。

「皮ごとかじるんだ。固いと思うなら、皮だけ吐き出せばいい」

リジムが果実を摑《つか》んで口に運び、皮の上から白い歯をたてた。かしゅん、と瑞々《みずみず》しい音がして、果汁《かじゆう》の細かな飛沫《しぶき》がリジムの口の前に舞う。

翠蘭も、小さな果実をかじった。

すぐに酸味《さんみ》のある甘さが口の中に広がった。

「おいしい…」

翠蘭がつぶやくと、リジムが何か言った。果実の名前を教えてくれたらしいが、発音が難しい上に長かったので、翠蘭には聞き取れなかった。

「少し待っていろ。魚が焼けるから」

困ったように首を傾《かし》げる翠蘭に、リジムがたたみかけた。

この友好的な態度は、喧嘩《けんか》の終息《しゅうそく》を告げるものだろうか、それとも、彼は最初から喧嘩をしているつもりはなかったのか。

翠蘭は迷い、その末に突き詰めて考えるのをやめた。

とにかく謝《あやま》るのは今しかない。

話を蒸《む》し返せば、せっかくの穏やかな空気が壊れるかもしれないが、等閑《なおざり》にしていい問題とも思えなかった。

「リジム…」

「公主《こうしゅ》どのは吐蕃《とばん》が嫌いか?」

翠蘭の言葉をさえぎり、リジムが尋《たず》ねた。

予測と違う会話の展開に、翠蘭はしばし戸惑う。

「え…、何だって?」

「吐蕃が嫌いか、と聞いたんだ。それとも、おれが気に入らないだけか?」

「ど…どっちでもないけど…」

翠蘭は苦労して声を絞《しぼ》り出した。

「だいたい、ここは吐谷渾《とよくこん》じゃないか。わたしは、まだ吐蕃の土を踏んでもいない。いくら何でも、知らない土地を嫌いだなんて思えない」

「だが、漢土とは違うだろう？」

「だって漢土じゃないもの」

言わずもがなの事実を、鸚鵡《おうむ》返《がえ》しに答えた翠蘭は、その時点で諦《あきら》めた。

吐蕃語の教師は、たった二年で会話できるようになった翠蘭を褒《ほ》めてくれたが、語学の才能と気持ちを表す才能は別物らしい。

「どうして、リジムは、わたしが吐蕃を嫌っていると思うんだ？」

「公主《こうしゅ》どのは、よく憂鬱《ゆううつ》そうに溜《た》め息《いき》をついている」

「それは、…朱瓔《しゅえい》が心配だからだ。体もだるいし、…いろいろと悩みもある」

「どんな悩みだ？」

それは…、と翠蘭は口ごもった。

偽《にせ》公主の一件は、すでに諦めている。公主降嫁《こうか》にともなう吐蕃の意図《いと》も、知ったところで対処しきれるものではないだろう。他にもいろいろと問題はあるのだが、三番目の不安要素は、簡単には口にできない内容だった。

「笑わないから言ってみろ」

すでに口許《くちもと》に笑みを宿したリジムが促した。

唇の内側を前歯で噛《か》みながら、翠蘭はどうしようか、と迷う。

たとえ誰かに尋《たず》ねなくても、遠からず結果は出ることだ。

けれど、短い逡巡《しゅんじゅん》の末に、翠蘭は問いたい誘惑に負けてしまった。

「おまえ、川に落ちたあと、わたしを助けてくれただろう」

「ああ」

「その時、わたしの身体《からだ》をどう思った？」

そう言った瞬間に、翠蘭は後悔《こうかい》した。

リジムがぽかんと口を開け、眉間《みけん》に皺《しわ》さえ刻んだからだ。

「…どういう意味だ？」

「傷だらけで、き…汚いとか、嫌だなと、…思わなかったか？」

それでも引っ込みがつかなくなり、喋《しゃべ》っていると顔に血液が集まってきた。

翠蘭は膝《ひざ》の上で拳《こぶし》を握り締め、首を垂れて地面を見つめる。

悩みの発端《ほったん》は二年前、掖庭宮《えきていきゅう》での女官の反応にあった。

子供の頃はともかく、何でも自分で片付けてきた翠蘭は、身支度《みじたく》で誰かの世話を受けたことがなかった。

しかし、掖庭宮に入ってからは、着替えを手伝う女官が付いた。

彼女は、翠蘭の肌を見た途端、まあ、と言って絶句したのだ。

翠蘭の体には、剣や乗馬の練習でついた傷が、いくつもある。

その傷が、他人を絶句させるほどのものだと、翠蘭ははじめて知らされた。

「もしかして、吐蕃王との婚礼を気にしているのか？」

リジムに問われ、翠蘭はうつむいたまま顎《あご》を引く。

「王との婚儀《こんぎ》を済ませたら、…その、服を脱がなければならないだろう？　細かいことは分からないけど、…すごくがっかりされる気がするんだ」

「身体《からだ》に傷があるからか？」

リジムの声は怪訝《けげん》そうだった。

けれど、翠蘭には切実《せつじつ》な問題だった。

「男は皆、きれいな女が好きだろう？」

「公主《こうしゅ》どのは、きれいだぞ」

「慰《なぐさ》めてほしくて言っているんじゃないんだ。同盟《どうめい》の結婚だけど、吐蕃王だって人間なんだから、好き嫌いが態度に出ることもあると思って…」

「王が、公主どのの傷跡に腹を立てて、乱暴するとでも？」

翠蘭は、ふたたび視線を落としてうなずいた。

特別に優しくしてほしいと望んでいるわけではない。出産が女の仕事である以上、それを拒《こば》む気もない。むしろ、子供はほしいと思っている。だが、乱暴に扱われるのは嫌だった。翠蘭の頭の中にはいつも、元吉《げんきつ》の暴力に傷つけられた母の姿がある。

何をどうすれば、あれほど人間を打ちのめせるものなのか、——それを考える時、翠蘭はかならず得体《えたい》の知れない戦慄《せんりつ》に包まれる。

恐怖の根底を支えているのは、おそらく無知だ。けれど、さすがの翠蘭も、その点を微細《びさい》に尋《たず》ねる気にはなれなかった。

「何と言われても、今から傷を治すのは無理だけど、がっかりの度合いを知りたいんだ」

『そういうことを、男の方に訊《き》いてはいけませんよ』

幼い頃に祖母から受けた注意が、おぼろな響きをもって耳によみがえる。

この意見には、翠蘭も賛成だった。

裸身《らしん》を他人にさらすのは恥ずかしいし、それを話題にもしたくない。

だが、身体の傷跡について尋ねた翠蘭に、女官はお許しください、と懇願《こんがん》した。許せと言われて、相手を問い詰めることはできない。問うたところで、慰めを口にするのがせいぜいだろう。そう考えれば、女性の意見は全般的にアテにならない気がした。

リジムに訊《き》いたのは、偶然とはいえ彼が翠蘭の裸身を見たからだ。しかも利害関係がないから、客観的な意見を聞かせてくれるのではないか。

「どうかな、リジム?」

「悪いが、公主どのの質問には答えられない」

「どうして?」

「あの時は暗くて、よく見えなかった」

約束どおりリジムは笑わず答えたが、その内容は翠蘭を気抜けさせた。

「……ああ、…そう」

顔に集まっていた血液が下がり、かるい目まいが生じる。

脱力して肩を落とした翠蘭に、リジムが笑いを含んだ視線を向けた。

「公主《こうしゅ》どのは、おれの背中の傷を見て、どう思った？」

「痛そうだと思った。リジムは痛くないと言ったけど、斬《き》られた時のことを想像した。そんな想像をすると、自分の背中もむずむずする。そんなところかな」

「おれの傷を汚いと思ったか？」

「そんなことはない」

「それなら、公主どのも気にするな。傷は、相手の過ごした時間が形として残ったものだ。敬意を抱く相手の傷なら重みを感じる。愛《いと》しい相手の傷なら、いっそうの愛情を感じるはずだ」

「本当に、そう思うか？」

「疑《うたぐ》り深いな、公主どの」

リジムがくすりと笑い、両手で翠蘭の頰《ほお》を包んだ。

冷たいかと思った掌《てのひら》は、翠蘭の頰よりも熱かった。

「言葉が信じられないなら、それ以外の方法で教えてやろうか」

「それ以外…？」

つぶやいた直後、翠蘭ははっとした。

意味は分からなかったが、髪に口付けされた瞬間の驚きを思い出したのだ。

あの奇妙な感覚を、もう一度味わうのはごめんだった。

翠蘭は慌《あわ》てて首を振り、頰を包むリジムの両手を振り払おうとした。けれど、あまりに強く首を振ったので、先に頭がくらくらしてきた。

そんな翠蘭を見て、リジムはなぜか微笑《ほほえ》む。

「冗談だ。魚を食べて、もう休め。まだ体が本調子じゃない」

「あとひとつだけ教えてくれ。吐蕃王は、おまえと同じ意見の持ち主か？」

「それは、…会えば分かる」

リジムが低い声で答えて、魚に手を伸ばした。


翌朝、翠蘭は、リジムに背負われて夜営地《やえいち》を発《た》った。

しかし、昼の休息《きゅうそく》の後は自分の足で歩き、心地《ここち》好《よ》い疲労と解放感を楽しんだ。

夕方はまた、しばしリジムに負われて進む。

夜営地は川沿いの洞窟《どうくつ》だった。


その翌日も、ほぼ同じ行程で旅が続いた。

翠蘭の回復はいちじるしく、背負われている時間は減った。おかげでリジムの足の速度も上がり、二人はかつてない距離を踏破《とうは》することができた。

翠蘭を背負って進む時、

あるいは前後に並んで進む時。
リジムは、さまざまな吐蕃の風習について語ってくれた。

皆が好んで食べる料理。
ヤクの囲み狩り。
夏と冬のはじめに国を挙げて催《もよお》される盛大な祭り。
吐蕃にも奴隷《どれい》がいること。
少女たちが小間使《こまづか》いとして他家へ働きに出ること。
罪人に課せられる刑罰《けいばつ》。
山と高原の美しさ。
女たちの糸紬《いとつむ》ぎと、彼女たちが競う歌声。
男たちが勇敢《ゆうかん》さを何よりも大切にすること。
戦場から逃げた戦士の首には狐《きつね》の尾がかけられること。

そこには、決して楽園ではない、けれど生きた人間の生活があった。
時に歌声を交え、冗談を織り交ぜながら、リジムは饒舌《じょうぜつ》に語る。
彼の声を聞いていると、翠蘭はふと思う。
なんと漢人とは違う気質を備えているのか、と――。

リジムは漢人の男とは比べ物にならないほどよく喋《しゃべ》った。人懐《ひとなつ》こい態度は、しばしば翠蘭を戸惑わせる。だが、不快を覚えることはなく、むしろ好ましいと感じる。

夜営地《やえいち》で足を止め、炎をはさんで向き合った時は、わずかに息苦しさを覚えることもあったが、その理由については考えなかった。

朝の冷え込みも、昼間の暑さも、夕刻の風の涼しさも、翠蘭にとっては愛すべきものになりつつあった。だから、かすかな違和感も飲み込んでしまえばいいのだと結論付けて、翠蘭は旅に楽しみだけを見出《みいだ》そうとした。

さらに翌日は、早朝から河を離れて草原に踏み出した。川沿いの道が崖《がけ》に阻《はば》まれ、先へ進めなくなったからだ。

リジムは皮の上着を翠蘭の頭にかぶせ、迂回路《うかいろ》の距離をおおまかに説明した。

夏の終わりとはいえ、高原の日差しは考える以上に厳しい。疲労が激しいようなら、途中で足を止めて日暮れを待ち、夜の行程に切り換えよう、と提案された。

もっとも、この心配は杞憂《きゆう》に終わった。

朝方は晴れ渡っていた空が、しばらくもしないうちに灰色の雲に包まれたのだ。雨の心配はあるものの、気候の上では過ごしやすい。傾斜のゆるやかな草原は、森の中に比べると格段に歩きやすかった。

夕刻になると、黒雲に支配された空に雷鳴《らいめい》が響いた。

天を裂《さ》くように稲妻《いなずま》が走り、落雷の音とともに大地を揺する。

雨が降る前に、とリジムに促され、翠蘭は岩山に入った。ほとんど樹木のない岩だらけの山には、蜂《はち》の巣のごとき無数の洞窟《どうくつ》があり、明かりを手にしたリジムに誘われて奥に入ると、広々とした岩場に温泉が湧いていた。

「足を浸《ひた》すと疲れが取れる」

湯溜《ゆだ》まりの脇に火を置いて、リジムが言った。

「ただし、髪を洗うのは我慢しろ」

ええっ、と抗議の声をもらした翠蘭に、リジムが苦笑いする。

「櫛《くし》がないから、本当に髪がボサボサになるぞ」

実際には、体力がなくなるから、と言いたかったのだろう。不服げな態度を示したものの、翠蘭にも分かっていた。

髪を洗うという行為は、思った以上に体に負担をかける。

「おれは、日が暮れる前に薪《まき》を集めてくる」

「それなら、わたしも一緒《いっしょ》に…」

「一人で充分だ。外で火を起こしておいてやるから、ゆっくりしろ」

「…湯に浸《つ》かっても大丈夫《だいじょうぶ》かな?」

温泉の深さと熱さを確かめるつもりで翠蘭は尋《たず》ねた。

しかし、リジムは体調ゆえの質問と誤解したようだ。

「かまわないと思うが、あとで体が冷えると…」

途中で言葉を切ったリジムが、少し間をおいて、おもむろにシャツを脱いだ。先に湯を浴びるつもりかと思えば、脱いだシャツを翠蘭にさしだし、自分は素肌に上着を羽織《はお》る。

「これを洗って使え。よく絞《しぼ》ってから身体《からだ》を拭《ふ》くんだ」

この申し出には、翠蘭もいささか呆《あき》れた。

「気遣《きづか》いは嬉《うれ》しいけど、よほど忠義な従僕《じゅうぼく》でも、そこまで気は回らないぞ。あ、もちろん、おまえを従僕あつかいしているわけじゃないからな」

「たまには、素直にありがとうと言えないのか」

リジムも呆れた様子で、翠蘭の手にシャツを押しつける。

「本物の従僕がほしければ、もう二、三日の辛抱《しんぼう》だ。あと少しでドニデラに着く。馬なら一日の距離だから、もしかしたら途中で迎えの者と行き合うかもしれない」

「そうか…」

思いがけない宣告に、翠蘭は目を伏せた。

そんな翠蘭の顎《あご》を、リジムが指先で持ち上げる。

「おれと別れるのが寂《さび》しいか？」

「うん、少しはな」

リジムの指は手で払いのけたが、翠蘭は正直に答えた。

この不躾《ぶしつけ》な態度に接するのも、あと少しと思えば名残惜《なごりお》しい気もする。

するると、思いがけずリジムが頰《ほお》を染めた。だが、それを隠すように翠蘭に背を向けると、妙に急いだ足取りで洞窟《どうくつ》を出ていった。


温泉はぬるかった。しかも全体的に浅くて、背筋を伸ばした状態で座ると胸の下までしか湯がこない。それでも、体を傾けて肩まで浸《つ》かると、全身に溜《た》まった疲れが溶けだしていく。

心地《ここち》好《よ》さは、髪を洗いたいという誘惑になって心を揺《くず》すった。

だが、翠蘭は必死で誘惑を退けた。ここで体調を崩して、またリジムに迷惑をかけるわけにはいかない。今は自分のことで手一杯だが、赤嶺《ドニデラ》に戻って朱瓔や道宗《どうそう》と合流できれば、リジムにも返礼したいと翠蘭は考えていた。

リジムに対しては、言葉では表しきれないくらい感謝している。

時おり、自分という存在を、彼の手の中に握り込まれているような錯覚《さっかく》を覚えるが、それも不快ではない。ほんの短い時間に、自分の弱い部分をさらけ出してしまったという事実が、翠蘭をそんな気持ちにさせるのだろう。

けれど、リジムに対する感謝が強いほど、翠蘭は不思議でたまらない。

リジムの奥方は、彼のどこを嫌っていたのだろう。

たしかに彼は怒りっぽいが、腹を立てる理由は不当ではない。怒りの中で、自分を顧《かえり》みる余《よ》裕《ゆう》も持っていた。

もっとも、人間にはいろいろな側面がある。

抜け目ない商人である祖父も、祖母の前では子供のような顔を見せた。その祖母はまた屋敷の外で、商家の女主人という以外の顔を持っていた。

つまりは、そういうことなのだろうか？

リジムの奥方にとっては、リジムの猛々《たけだけ》しさが強調して感じられた。一方で、公主《こうしゅ》としてリジムの世話を受けている翠蘭には、吐蕃の臣としての彼の側面しか見えていない。

――でも…。

リジムは親切だが、丁重《ていちょう》ではないな、と翠蘭は思う。

あまり公主として扱われている気がしない。

だから、余計にリジムに親しみを感じるのだろうか。気が付けば翠蘭は、リジムのことを考えている。隊列のことより、朱瓔のことより、吐蕃王との婚儀《こんぎ》のことより、リジムについて考えている時間が長い。

――助けてもらったからな。

翠蘭は適当に理由をつけて、無意味な思考を打ち切った。

このまま湯の中にいると、のぼせてしまいそうだった。

明かりを手にして洞窟《どうくつ》の外へ出ると、すでに火を起こしたリジムが、獲物の鳥を焼いていた。

焚《た》き火《び》の端《はし》では、根菜《こんさい》と思《おぼ》しき塊《かたまり》が蒸《む》されている。

「ちょうどよかった」

気配に気付いたリジムが振り向き、機嫌よく翠蘭を手招きした。

招かれるままにリジムの近くに腰を降ろすと、火を焚《た》いている場所は乾いていたが、なだらかな傾斜を描きながら眼前に広がる岩肌は濡れていた。

滑らかにも見える岩肌は、大きな宵《よい》の月に照らされ、しっとりとした光を放っている。

岩肌にへばりついた苔《こけ》も、隙間《すきま》に宿った雨粒《あまつぶ》を輝かせていた。

遠くに広がる草原は独特な色を帯び、月影の下に横たわっていた。

「雨が降ったんだな」

「少しだけだ。吐蕃の夏は雨が多い。これまで降らなかったのが不思議なくらいだ」

そう言いながら小枝の先で根菜《こんさい》を引き出したリジムは、それを二つに割って翠蘭へさしだす。茶色い皮の中から現れた白っぽい実は、ほのかに甘い香りを漂《ただよ》わせた。

「熱いから気をつけろ」

またも注意され、翠蘭は思わず笑いをこぼした。

リジムといると、子供のころを思い出す。無責任で、自由で、守られていて、――それでいて、少しだけ息苦しかったころを――。

「どうした、公主《こうしゅ》どの？」

「何でもない。…吐蕃の食べ物は美味《おい》しいな」

翠蘭が根菜《こんさい》を口につけて微笑《ほほえ》むと、リジムが反撃に出た。

「それはまだ、吐谷渾の食べ物だ」

食事が終わるとリジムはシャツを干し、首を垂れて剣の手入れを始めた。

翠蘭は膝《ひざ》を抱えて、リジムの姿を見つめる。

こうして口を閉ざし、距離をおいてリジムを見ていると、気持ちが落ち着いた。

しばらく経つと、平原のすぐ上にあった月が、もっと高い位置まで移動した。上天《じょうてん》から降り注ぐ月光は、冴《さ》え冴《ざ》えとした輝きで、雨上がりの夜気をいっそう冷たく感じさせる。

翠蘭は無意識のうちに、自分の両腕を重ね合わせていた。

焚き火の熱で顔はほてったが、背中にはしんしんと冷気が寄り付いていた。

「寒いのか?」

ふと顔を上げたリジムが、翠蘭に尋《たず》ねる。

少し、と答えて、翠蘭は苦笑した。自分の弱さを嗤《わら》ったつもりだった。

昨夜《ゆうべ》までは、ずっとリジムの上着を借りて夜を過ごした。山間の夜は、夏といえども長安《ちょうあん》とは比べ物にならないくらい冷える。

けれど、今夜ばかりは、リジムの上着を取り上げるわけにはいかない。リジムのシャツは、翠蘭が濡らしてしまったのだ。

「…寒いのなら、こっちにくるといい」

リジムが、自分の膝前を叩いた。

翠蘭は、少し考えてから首を左右に振った。

リジムの申し出は魅力的だが、今はだめだ、と思う。

理由は分からないけれど、近付きすぎない方がいいような気がしたのだ。

翠蘭の逡巡《しゅんじゅん》を、遠慮《えんりょ》ととったのか、リジムが立ち上がり、自ら動いて翠蘭の背中を抱えた。

離れてくれ、と翠蘭は言いたかった。

それなのに言葉が喉《のど》につかえて出なかった。

たしかにリジムの身体《からだ》は温かかったが、先ごろの感覚と違い、背中が妙な熱を帯びた。その熱は全身に広がって、翠蘭をひどく落ち着かない気分にさせる。

翠蘭の反応と同様に、リジムも先ごろと違う態度をとった。

左手で翠蘭の左手を摑《つか》まえ、自分の膝頭《ひざがしら》に乗せる。

そのまま、指先で手の甲の小さな傷跡をなぞった。

「リジム…」

翠蘭は、ようやく声を絞《しぼ》り出す。

心の中では、数日前の問いに対する後悔《こうかい》が渦巻《うずま》いていた。

やはり祖母の注意したとおり、あんな質問はするべきではなかったのだ。

理由の説明はつかなくとも解ることはある。

とにかく離れよう、と翠蘭が決めた時、リジムがぽつりと言った。

「公主《こうしゅ》どのは、髪を洗わなかったんだな」

　この一言で、翠蘭の意識がそれた。かるい怒りが胸に宿った。

　いくら身支度《みじたく》にこだわらないとはいえ、汚くても平気というわけではないのだ。

「おまえが洗うなと言ったんだろう。わたしだって、それなりに頑張《がんば》って我慢したんだ」

「赤嶺《ドニデラ》に戻るために、か」

「そうだよ。それ以外に何があるんだ」

「おれの妻は、亡くなる数日前に髪を洗った」

　突然の言葉に、翠蘭は戸惑いを覚えた。

「それは、リジムに綺麗《きれい》な自分を見せて…」

「ガルのためだ。…おれの妻は、ガルの恋人だった」

「……うそ」

　嘘《うそ》も本当も翠蘭が決めることではないが、思わず否定的な言葉が口からこぼれ出る。

　リジムを裏切った奥方の気持ちが分からない。吐蕃の宰相《さいしょう》、ガル・トンツェン・ユルスンも、とても他人の奥方に手出しするような男には見えなかったのだ。

　本当だ、と苦笑まじりにリジムがつぶやいた。

「王の命令で結婚した。それでも、妻は決してガルを忘れなかった。何故《なぜ》なのか、あの頃は理解できなかったが…」

　手の甲に触れていたリジムの指が滑り、翠蘭の手全体を包み込む。

　遠のきかけていた緊張が、ふたたび翠蘭の体に戻ってきた。

「夜営地《やえいち》で騒ぎが起きた時、おれは公主どのを探した。…侍女《じじょ》だと思い込んでいた公主どのを、一緒《いっしょ》にあの場所から助け出したかった。だから、川岸で会えた時も嬉《うれ》しかった。これから先も、おれはずっと公主《こうしゅ》どのと一緒にいたい」

そっ、とリジムの右手が、翠蘭の顎《あご》に添えられた。

抱え込まれる格好になった翠蘭は身動きもできない。

「リジム、手を放し……」

「好きなんだ」

ささやいたリジムの唇が、かぶさるように翠蘭の唇をふさぐ。

驚きのあまり翠蘭は、反射的に手足を縮めた。

リジムは、翠蘭が事態を把握《はあく》するより早く、唇を離した。触れ合うだけの短い口づけは、混乱の中に安堵《あんど》をもたらした。

そのせいで、翠蘭は立ち上がるよりも先に、脱力してしまった。

直後、今度はより強くリジムが唇を押しつけてきた。

拒絶《きょぜつ》しようにも声が出せない。リジムの体を突き除《の》けようとしても、両腕は無作為《むさくい》のうちに押さえ込まれている。

口をふさがれているので息もできない。

ん…、と喉《のど》の奥から苦痛のうめきをもらせば、リジムの腕に力がこもる。

それどころか重ねた唇を割って、リジムの舌が口腔《こうこう》に忍び込んだ。やわらかな滑りは無遠慮《ぶえんりょ》に、引きこもる翠蘭の舌を絡《から》め取った。

激しい嫌悪《けんお》が、翠蘭の胸を駆け抜けた。

けれど、わずかだが、嫌悪とは違う感覚も生じた。

決して認めてはならない――それは、かすかな悦《よろこ》びだった。

長い――あるいは短い口づけの途中で、あごに添えられていたリジムの手が、翠蘭の首筋を伝い降りた。掌《てのひら》がそっと胸のふくらみを包み込む。

次の瞬間、翠蘭は激しく首をふってリジムの唇から逃れた。

「…っ、いや…！」

咄嗟《とっさ》に口から出たのは制止を命じる言葉ではなく、力なく掠《かす》れた哀願《あいがん》だった。

それでも、リジムの耳には届いたらしい。

彼は、翠蘭が叫ぶと同時に手を離した。

翠蘭は身体《からだ》をもぎはなし、地面を這《は》ってリジムから離れる。本当は走って逃げたかったが、体が小刻みに震えて立てなかった。

逃げ出したいと欲したいちばんの理由は、やはり未知の体験に対する恐怖だ。

けれど、二番目の理由は、ひどく矛盾《むじゅん》したものだった。翠蘭は、リジムの目に、今の自分をさらしたくないと望んだのだ。

正面から向き合えば、芽生えたばかりの恋慕を見透かされそうな気がする。

翠蘭自身ですら、まだ認めかねているあいまいな気持ちを――。

「公主《こうしゅ》どの…」

「こっちに来ないで！」

翠蘭が怒鳴《どな》ると、リジムは足を止めた。彼の顔には、後悔《こうかい》ともとれる感情が表れていた。

「すまない、公主どの。脅《おど》かすつもりは…」

「こんなこと…!! わたしは、…おまえたちの王と結婚するのに!!」

翠蘭が怒鳴ると、リジムの顔が薄く陰った。

「相手が王でなければ不服か？」

「そんなことを言っているんじゃない!! わたしは、皇上に命じられてきたんだぞ!!」

そうでなければ――。

口をついて出そうになる言葉を呑《の》み込み、翠蘭はつよく唇を嚙みしめた。

どんな心持ちであれ、絶対にリジムの要求に応えるわけにはいかない。そこには、翠蘭のほのかな想いが介在《かいざい》する余地などないのだ。

花嫁の純潔は、なにも相手の嗜好《しこう》のために守られるのではない。受け継がれるべき血統に異物が混じる恐れがないことを証明するためにあるのだ。婚礼の席につくまでに、その純潔が損なわれれば、当然それは唐の側の落ち度になる。

それが、吐蕃の臣であるリジムに分からないはずはないのに――。

「……まさか、ガルどのの責任を問うためか……？」

思わず問いかけた翠蘭を、リジムが物言いたげな眼で見つめた。けれど、彼はすぐに翠蘭に背中を向けて、そのまま草原の方へと歩き出す。

翠蘭はのろのろと立ち上がった。

リジムを追いかけるためではない。洞窟《どうくつ》の中に入って眠るためだ。

おそらく、明日になればリジムは戻ってくる。翠蘭の姿が洞窟の中に消えれば、すぐにも戻るかもしれない。彼は翠蘭の何倍も目がいいのだ。もしかすると、これほど明るい月夜なのだから、翠蘭の表情まで見えるかもしれない。

翠蘭は、草原に向かって思い切り舌を出した。ついでに目尻《めじり》をひっぱり、人差し指で鼻を押し上げた。あまり力を入れたので、痛くて目尻から涙が染《し》み出した。


翌朝、翠蘭は頭痛に起こされた。

眉間《みけん》を内側から叩かれているような感覚があり、こめかみにも鈍《にぶ》い痛みが宿っている。目を開くと、ひどくまぶたが重かった。目の周囲にはぎしぎしときしむような違和感が感じられる。

原因は判っていた。昨夜《ゆうべ》、泣きながら眠ったせいだ。

立ち上がると、肩からリジムの上着が落ちた。

いつの間に忍び寄ったのだろう。

だが、翠蘭は上着をその場に残し、温泉のほとりまで足を進めた。

湯の表面に顔を映してみようと思ったのだ。おそらく瞼《まぶた》を中心に、翠蘭の顔は赤く腫《は》れているはずだ。顔に垂れかかる髪をかき上げると、指が浮腫《むく》んでいるのが知れた。

地面に膝《ひざ》をついて湯の上に身を乗り出したが、白い湯気が漂《ただよ》っていて顔は映らない。

ふうっ、と翠蘭は息を吹き掛けて、湯気を散らそうとした。

その瞬間、湯の中から二本の腕が突き出してきた。

「……!!」

身を引こうとした翠蘭の頭を、腕が摑《つか》んで湯の中に引き込む。

前屈《まえかが》みで湯に落ちた翠蘭は、体を支えようと咄嗟《とっさ》に両手を突き出した。けれど、思い切り伸ばした手の先が、浅いはずの温泉の底に当たらない。

この事実は、翠蘭を混乱させ、冷静な判断力を麻痺《まひ》させた。

しっかりと頭を摑んだ十本の指の力は弛《ゆる》まない。下へと引っ張る力に逆らえば、首が付け根からもぎ取られそうだ。湯のせいで呼吸もできない。

このまま引きずり込まれれば、命を落とすことになるだろう。

だが、翠蘭にできるのは、膝の力で岩場に下半身をとどめようとすることだけだった。

——もう、だめ…!!

翠蘭があきらめかけた時。

今度は後ろから伸びてきた腕が、翠蘭の腹を抱えて後ろへ引っ張った。

それを新手《あらて》の攻撃ではなくて助けと理解したのは、湯の中に頭を浸《ひた》しているのがつらかったせいかもしれない。翠蘭は進んで腹を引く力に従い、ようやく頭を掴む腕から逃れると、勢いよく岩場に尻餅《しりもち》をついた。

直後、翠蘭は強く息を吸い込んだ。

今、欲しいものは空気だけ――。

けれど、空気と一緒《いっしょ》に喉《のど》に溜《た》まった湯が気管に押し寄せ、翠蘭は激しく咳《せ》き込んだ。

「う…っ、げほっ、げほんっ」

咳《せき》は、簡単には止まらない。

あまりに苦しくて、とても助かったとは思えない。

公主《こうしゅ》どの、と耳元で呼びかけるリジムの声に気付いたのは、かなり経ってからだった。

翠蘭は、すっぽりと彼の腕の中に収まっていた。リジムのシャツを強く握り締め、それが唯《ゆい》一《いつ》の寄辺でもあるかのように、彼の胸に身を寄せている。

昨夜《ゆうべ》《よるべ》の今朝《けさ》だというのに、恐怖も嫌悪《けんお》も感じない。

それどころか、翠蘭はリジムから離れることができなかった。

「リジム…、湯の中から腕が…」

震えながら翠蘭は訴えた。

有り得ないこと――そう思う、けれど事実には違いない。

「これをかぶっていろ。身体《からだ》から離すな」

そう命じて、リジムが翠蘭の体を皮の上着で包んだ。

「内側に護符《ごふ》が縫《ぬ》い込まれている」

「だったら…」

これは、リジムが持っていた方がいいのではないか、と翠蘭は思い、肩に掛けられた上着を返そうとする。しかし、リジムは小さく微笑《ほほえ》み、翠蘭の体を包み直した。

「いいんだ。公主《こうしゅ》どのが持っていろ。体の弱っている者の方が危ない」

そう言って、リジムは指先で濡れた翠蘭の髪を頬《ほお》や額から除《の》けていく。くすぐったくて、翠蘭は顔を伏せた。そんな翠蘭の体をリジムが抱き締めた。

ふ、と翠蘭の胸に、昨夜《ゆうべ》の恐怖がよみがえる。

反射的に身を固くした翠蘭に気付き、リジムが低くささやいた。

「怖かったのか」

何が？　と問い返すのを止めて、翠蘭は小さく顎《あご》を引いた。

「…でも、もう平気」

その一言で弛《ゆる》んだ腕を逃れて翠蘭は立ち上がる。

そんな翠蘭の手首を、座ったままのリジムが摑《つか》んだ。

「昨夜は悪かった」

「…いいよ、許してやる」

翠蘭はかすかに微笑み、リジムの謝罪を受け入れた。真摯《しんし》に詫《わ》びる彼の目は、小さいはずの悪戯《いたずら》が引き起こした波紋《はもん》の大きさに驚いていた時の妹の顔を思い出させる。

「公主どのは、おれが嫌いか？」

「…ああ、嫌いだ。おまえといると混乱する。自分の知らない自分に気付いて驚く」

そうか、と翠蘭の拒絶《きょぜつ》を受け入れ、リジムも立ち上がった。

「よし、行こう。今日は、もう一度草原を横切るようだぞ」


朝食のために起こしてあった火で服を荒く乾かすと、二人は草原へと踏み出した。

朝の草原は、すがすがしい空気に満ちていた。

さやさやと草を鳴らして風が渡り、巣立ったばかりの雛鳥《ひなどり》たちが戯《たわむ》れる。斜面に群れた赤紫色の花の間では、黄色と黒の羽を持つ蝶《ちょう》が舞っていた。

さほども行かないうちに、前を行くリジムが足を止めて手を差し出した。

「振り向くと消えていたら困るからな」

冗談めかした彼の言葉に、隠しきれない緊張を感じ取った翠蘭は、おとなしくリジムの手を取った。大きな手はさらさらとして温かく、翠蘭を安心させてくれる。

翠蘭は歩きながら小さな声で歌を口ずさんだ。

それは、サンボータが教えてくれた吐蕃の鳥の歌だった。


照りつける太陽が中空に至り、空の青が極《きわ》まった頃、右手前方に小さな森が見えてきた。はるか前方に横たわる丘陵《きゅうりょう》は少しも近付いた気がしないので、右手に現れた樹木の塊《かたまり》も、森と呼べるほどの規模ではないのかもしれない。

けれど、日陰で体を休めるためには最適だった。

あそこで休もう、とリジムも提案した。

翠蘭たちは森へ足を向けた。

しかし――。

森の手前までも行かないうちに、三騎の兵士が木陰《こかげ》から飛び出してきた。

彼らは野太《のぶと》い声で何か叫びながら、翠蘭たちの進路を塞《ふさ》ごうとする。それどころか、手に携《たずさ》えた槍《やり》をかかげ、あからさまな殺意すら示して翠蘭たちに迫った。

突然のことに翠蘭の足はすくんだ。

「逃げろ！」

叫ぶより早く、翠蘭の手を引いてリジムが走り出した。

もっとも、彼はまっすぐ草原に走り出るような愚《ぐ》は犯さなかった。相手の進路を斜めに横切り、森に逃げ込もうとしたのだ。

馬に乗って森を走り回るのは困難だ。たとえ森に伏兵《ふくへい》がいても、相手が徒歩なら打つ手もある。樹木という障害物のない草原に戻るよりも活路《かつろ》が開かれやすい。

けれども、病《や》み上がりの翠蘭の足は、自分でも驚くほど遅かった。数十歩も進めば、もう息が切れて、足がもつれる。

あっという間に兵士に追いつかれ、馬上から槍が繰《く》り出された。

だが、油断しきった兵士の緩慢《かんまん》な攻撃は、リジムのわずかな動きで撃退された。

彼は、槍の穂先《ほさき》を避け、柄《え》を掴《つか》むとぐい、と自分の方へ引っ張ったのだ。思いがけない反撃に均衡《きんこう》を崩《くず》した兵士は、体ごとリジムの方へと落ちかかる。

そんな兵士の首を、兜《かぶと》の隙間《すきま》からリジムの剣がつらぬいた。

一連の動きには一切《いっさい》の無駄《むだ》がなく、手出しできる隙《すき》もない。

リジムがすばやく剣を抜くと、血飛沫《ちしぶき》が彼の顔に降りかかった。けれど、リジムは気にしない。わずかに顔を背《そむ》けたのも、視界が塞《ふさ》がれるのを恐れてのことだ。

彼は前倒しで落馬する兵士には一顧《いっこ》だにくれず、驚きから高く前脚を上げた馬を見た。馬は、ぎろりと血走った白目で宙を睨《にら》むと、一目散《いちもくさん》に駆けていく。

リジムが舌打ちし、他の兵士が放った矢を剣で叩き落とした。

その動きは、ごく自然だった。

まるで、蠅《はえ》を払いのけるような仕草だ。

しかし、飛んで来た矢を剣で落とすなど、常人《じょうじん》の技ではない。リジムは矢が放たれる以前、弓をかまえた兵士の気配を読み取っていたのだ。

接近戦を恐れてか、残る二騎が馬を退《ひ》いた。

離れた場所から槍と弓を使って攻撃を仕掛けるつもりだろう。

リジムも相手の準備が整うのを待ったりはしなかった。すぐさま翠蘭の腕を引き、ふたたび森へ向かって走りはじめた。

兵士が慌《あわ》てて矢を放つ。

リジムが剣の一振りで、その矢を叩き落とす。

彼の人間離れした力に苛立《いらだ》ったのか、矢をつがえるという行為にすら焦《じ》れを感じたのか。兵士は馬に鞭《むち》にいれ、距離をおいて翠蘭たちを追い越しざま、背中めがけて槍を投げ付けた。

ひゅっ、と穂先《ほさき》が空気を裂《さ》いた。

足をとめた翠蘭は、かすむ目で輝く槍の軌跡を追った。

そんな翠蘭を、リジムが突き飛ばした。直後、先程まで立っていた場所に、槍が突き刺さる。土くれを飛ばしながら槍が刺さるのを、翠蘭は地面に伏せた状態で眺めた。

「立て!! 早く!」

慣性《かんせい》で揺れる槍の柄《え》を摑《つか》み、リジムが怒鳴《どな》った。

翠蘭は立ち上がり、反射的に首を巡《めぐ》らした。

「何をしている⁉ 早く行け!」

地面から槍を引き抜いたリジムが、切迫《せっぱく》した声で翠蘭に命じる。

翠蘭はうなずき、ふたたび森を目指して走り出した。

兵士たちの鎧《よろい》兜《かぶと》は黒っぽく塗られていて、どの国に属する戦力なのか、何を象徴にする民族なのか、さっぱり判らない。

彼らが交わす言葉も理解できない。とにかく漢語《かんご》でも吐蕃語でもない。突厥《とっけつ》の言葉に似ているような気がするが、断じきれるだけの自信はなかった。

森を目指して走り、翠蘭はまたも途中で足を止めた。

一向にリジムが追いついてくる気配がないのだ。

振り返ると、彼は騎馬の兵士めがけて槍を繰《く》り出すところだった。

馬を奪おうとしているのだ。

目的を持ったリジムの攻撃は容赦《ようしゃ》なかった。

彼は、槍を放った兵士の横腹を、寸分《すんぶん》の狂いもなく深々と突き刺した。そのまま握っていた槍の柄を返し、苦痛にうめく兵士を鞍《くら》から転落させる。

どおっ、と音をたてて地面に落ちた兵士を、驚いた馬が蹄《ひづめ》で踏み付けた。

仰向《あおむ》けになった兵士の口から、赤い泡《あわ》が飛んだ。

それでもリジムは兵士を一瞥《いちべつ》しただけで、手綱《たづな》を摑むと一息で鞍《くら》によじ登った。

残る一騎の兵士が甲高《かんだか》い声で何か叫んだ。

「こっちだ、公主《こうしゅ》どの！」

翠蘭の後ろから追いついたリジムが、馬上から手を伸ばす。

飛び乗るのは簡単そうに思えた。けれど、後方から追って来た兵士の放った矢が、無防備に伸ばされたリジムの肩に突き刺さった。

どん、と鈍《にぶ》い音がした。

リジムの体はいきおいよく前へ傾《かし》ぎ、一瞬、制御《せいぎょ》を失った馬が暴走する。

しかし、リジムはすぐに体勢を立て直し、馬首を返して翠蘭の元に戻ろうとする。

一方の兵士も翠蘭の間近に迫っていた。

馬上の兵士が弓を構えた。

矢をつがえて、弦《つる》を引き絞《しぼ》る。

このままでは、リジムが殺される。そう思った瞬間、翠蘭は兵士の前に走り出て、大きく両腕を広げていた。

その時、森から現れた騎馬の男が何か怒鳴《どな》った。

言葉は分からないが、白磁《はくじ》のごとき容貌《ようぼう》には見覚えがあった。

隊列に同行した僧の陽善《ようぜん》だ。

うしろには、慧《けい》の金髪《きんぱつ》も見える。

助かった、と思って振り向いた翠蘭が見たのは、すでに彼方《かなた》へ駆け去ったリジムの馬の尾だった。それは、ゆらゆらと陽炎《かげろう》のように揺れている。

やがて、リジムの姿は丘陵《きゅうりょう》の向こうに消えた。

六、二人の公主

陽善《ようぜん》に制止された騎馬の兵士は、リジムを追おうとはしなかった。慧《けい》は馬上からリジムの逃げた方向を睨《にら》んでいたが、陽善は半《なか》ば身を投げ出すように翠蘭《すいらん》の前で下馬《げば》した。

「お怪我《けが》はありませんか、公主《こうしゅ》さま？」

口早に尋《たず》ねる陽善は、僧衣《そうい》ではなく革の鎧《よろい》を身に着けていた。彼の白くて美しい禿頭《とくとう》は、黒っぽい鎧と不可思議な対比を見せている。この思いがけないできごととあいまって、翠蘭は幻術《げんじゅつ》にかけられているような気持ちになった。

「陽善どの、…どうして、ここに？」

翠蘭の声音《こわね》は、無意識のうちに疑惑の響きを帯びた。

陽善は一瞬、叱《しか》られた子供のように目線を下げて、それから青白い顔を地面に倒れた兵士の方へと移動させた。

リジムに槍《やり》で横腹を刺された兵士は、口から血の混じった泡《あわ》を吹いている。まだ辛《かろ》うじて息があるが、助かりそうもない。

横腹に深く刺し込まれた槍《やり》はもとより、落馬した際に、胸を馬に踏まれている。腕や足ならともかく、胸を踏まれるというのは最悪の状況だった。

おそらく、折れた胸骨《きょうこつ》が肺に刺さっているのだろう。

翠蘭のまなざしに気付いた慧が、馬から滑り降りて兵士に歩み寄った。

彼は兵士の傍《かたわ》らに膝《ひざ》をつき、しばらく具合を調べていたが、やにわに立ち上がると兵士の横腹に刺さった槍を引き抜いた。

ぴゅっ、と堰《せき》を切った瞬間のように、血が飛んだ。

直後、慧は引き抜いた槍を、真上から深々と兵士の胸に沈めた。

兵士は、胸をかばうように四肢《しし》と首を持ち上げる。しかし、それも一瞬のことに過ぎず、全身を硬直させたあと、手足を伸ばして地面に横たわった。

絶命したのだ、と翠蘭は妙に冷《ひ》え冷《び》えとした気持ちで考えながら、なおも兵士の横腹からあふれ出し、緑の夏草を染める赤い血を見つめ続けた。

「おい、翠蘭」

近くにいるはずなのに、慧の呼ぶ声がひどく遠くから聞こえる。

翠蘭は、殺された兵士と二人だけで世界から切り離されているような心地《ここち》を味わっていた。

「おい、翠蘭!!」

反応の薄さに苛《いら》立《だ》った慧に肩を掴《つか》まれた翠蘭は、びくりとした。

そこに細かな意図があったわけではなく、ただ反射的な行動に過ぎなかった。

　だが、慧は傷ついたようだ。彼は、絶命した兵士に視線を移し、さらに自分の掌《てのひら》を睨《にら》んでからぎゅっと指を握りこんだ。

「慧…」

「怪我《けが》はないか？」

「うん」

「馬に乗れるか？」

　多くを語らせず、慧が矢継《やつ》ぎ早《ばや》に尋《たず》ねた。

　翠蘭が顎《あご》を引くと、彼は手綱《たづな》を差し出して乗馬を促す。

　腕で補助されて、翠蘭はあらがう暇《ひま》もなく鞍上《あんじょう》に押し上げられた。

　翠蘭は、手綱を取り、かたわらに立つ慧に向かって半身をかがめた。

「おまえも無事だったんだな」

「あたりまえだ」

　慧は、あっさりと翠蘭の喜びを退けた。

　翠蘭も今まで、あまり慧のことを心配していなかった。彼は鍛《きた》えられた武人《ぶじん》で、足の不自由な朱瓔《しゅえい》とは違うと考えていたのだ。

　しかし、それは思い違いだった。

　強くとも、誰かと剣を交えれば命を落とす危険がある。むしろ強ければ強いほど、その危険は増していく。

翠蘭は、地面に倒れた兵士たちの遺体を盗み見た。

目を剝《む》いて絶命した彼らの顔が、ふと慧の顔とすりかわり、翠蘭の背中に悪寒《おかん》を走らせた。

「朱瓔も無事なのか？」

「…ああ」

「今、どこにいる？」

「……道宗《どうそう》さまと一緒《いっしょ》だ」

急に、慧の歯切れが悪くなった。

どうやら翠蘭に隠しておきたいことがあるらしい。もしや、あの夜、朱瓔を見捨てて逃げたのだろうか。

だが、それならば、それでもいい。

リジムの仲間が節度をもっていれば、少なくとも朱瓔の命に危険はないはずだ。

今は、慧がこうして目の前にいることだけで十分だった。

「わたしが川に落ちた夜、慧たちは…」

「その話は後にしろ」

慧が鋭い調子で翠蘭を制し、荒いが無駄《むだ》のない動きで轡《くつわ》を取った。

「どこに行くんだ？」

奇妙な質問だ、と思いつつ翠蘭は問うた。

慧たちに続いて森の中から現れた兵士が、ぐるりと翠蘭たちを取り巻いている。彼らは終《しゅう》始《し》、無言で翠蘭を見張っているかのような雰囲気《ふんいき》だ。

「彼らは何者なんだ？」

「吐谷渾《とよくこん》の兵士だ」

慧が、馬を引いて歩きながら答える。

「吐谷渾は、吐蕃《とばん》と敵対関係にあるが、唐《とう》とは同盟を結んでいる。奇襲を受けたあと、道宗さまが救援を求めたんだ。この兵士たちは、おまえを探すためにきた」

「では、赤嶺《ドニデラ》まで送ってくれるのか？」

翠蘭は、疑いを込めて尋《たず》ねた。

いくらリジムが吐蕃人でも、彼らの攻撃はあまりに容赦《ようしゃ》なかった。翠蘭を探していたというが、陽善が制止の声をかけるまで、翠蘭もろとも殺そうという勢いだった。

そのことも慧に質《ただ》したいが、翠蘭に向けられた背中が尋ねるなと命じている。

何か裏がありそうだ、と翠蘭は思った。

矢傷を負ったリジムも心配だが、ここはおとなしく様子を見るべきだろう。

「今日は近くに用意した天幕で休むんだ。心配しなくても道宗さまには使者を出す。朱瓔にも知らせが行くはずだ。とにかく、おまえは十日以上も行方《ゆくえ》知れずだったんだからな」

慧の声音《こわね》からは、何の感情も読み取れなかった。

けれど、彼も、あの後の子細《しさい》を知りたがっているに違いない。

とはいえ、ここでは話せない。

翠蘭たちが動きだした途端、兵士たちが四方に散って陣形《じんけい》を固めたからだ。彼らの動きは、まるで捕虜《ほりよ》を護送《ごそう》する役人のようだ。

事実、吐谷渾にとって吐蕃に嫁《か》する公主《こうしゅ》など、敵と見なしてもいい存在なのだろう。

翠蘭は口許《くちもと》を引き締め、顔を上げて前方へ視線を向けた。


吐谷渾の天幕は、森の裏側に張られていた。

吐蕃の物より大きく、少し形が違っている。それが基本的な張り方なのか、円形に五基ほど並べられ、中央に一基、比較的小振りな天幕が張られていた。

天幕のそばには、女がひとり立っていた。

見覚えのない顔だが、明らかに漢人《かんじん》だ。女は長い髪を高く結《ゆ》い上げ、白粉《おしろい》と紅《べに》で化粧《けしよう》したうえに、襦裙《じゆくん》や披帛《ひはく》を身に付けていた。

長安《ちようあん》では、よく見かける女性の一般的な格好だ。

しかし、草原や天幕を背景にして見ると、鎧《よろい》を身に着けた陽善と同じくらい現実味を欠いた出立《いでた》ちに思われた。

「ようこそ、公主さま。わたくしは崔芙蓉《さいふよう》と申します」

女――芙蓉が馬から降りた翠蘭に名乗り、すっと白い手を差し出した。

「こちらにおいでくださいませ。お召し替えを用意しております」

まっすぐに翠蘭を見つめる目は切れ長で、華《はな》やかではないが知的な美を備えている。顎《あご》が細く、色が白く、ほどほどに背が高い。

彼女は漢人女性の美人の条件を完璧《かんぺき》に満たしていた。

「芙蓉どのは、吐谷渾の…？」

「ともかく、お召しかえをなさってください」

問いには答えず、芙蓉が翠蘭の腕をひく。

翠蘭は戸惑い、彗に目を向けたが、彼は馬の足の具合を調べていて顔も上げない。

陽善も、兵士たちに指示を出すので忙しい。彼は、翠蘭には解《げ》せない吐谷渾の言葉を自在に操っていた。いつの間に、どういう経緯で身に付けたのだろう。

天幕の周囲には、かなりの数の兵士がいた。

この物々しさは、翠蘭ひとりを探すために準備されたものなのだろうか。

「公主さま？　いかがなさいました？」

芙蓉が苛立《いらだ》った声音《こわね》で尋《たず》ねた。

「いや、吐谷渾の方々には迷惑をかけたようで…」

「あら、吐谷渾の兵士など、馬で走り回っていれば幸せな頭の足りない連中ですわ。公主さまが感謝なさるような上等な人間ではありません」

芙蓉が吐き捨て、ふたたび翠蘭を促した。

翠蘭は仕方なく芙蓉の案内に従う。

「芙蓉どのは…」

「足下《あしもと》にお気をお付けになって」

翠蘭の質問の矛先《ほこさき》を、芙蓉がするりとかわす。

この女、と思った瞬間、本当に翠蘭は地面に打ち込まれた杭《くい》に足を取られた。

「まあ、公主《こうしゅ》さま。ご注意申し上げたばかりですのに」

芙蓉が笑いを含んだ声で翠蘭を叱《しか》った。その声音《こわね》には明らかな嘲《あざけ》りがあった。

中央の天幕に入ると、箱型の寝台がひとつ置かれていた。寝台の上には古びた織物《おりもの》が掛けられ、翠蘭の着替えと思《おぼ》しき衣服が並べてある。

その下には夜具《やぐ》が重ねられ、まるで囚人《めしうど》の部屋のような陰鬱《いんうつ》さだ。

ただし衣服だけは新しくて美麗《びれい》だった。隊列が長安《ちょうあん》から運んできた荷物の残りだろうか。やわらかくて上等な絹を使った襦裙《じゅくん》に半臂《はんぴ》、披帛《ひはく》と革の短靴《たんぐつ》が揃《そろ》えられていた。

「さあ、公主さま。お召しかえなさいませ」

天幕を見回す翠蘭に、芙蓉が衣服を示し、当たり前のように着替えを手伝い始める。

爪の先を赤く染めた芙蓉に、一枚ずつ衣服を剝《は》がされるのは楽しいことではなかったが、吐谷渾王が差し向けてくれた女性の介助を無下《むげ》に断ることもできない。それに、予想以上に疲れがひどく、最初は少しありがたくも思えた。

けれど、翠蘭はすぐに、この考えが間違いであることを悟った。

芙蓉の動作は不自然にゆっくりしていて、翠蘭の疲れを助長《じょちょう》させるのだ。

何故《なぜ》、そんなことをするのかと様子を窺えば、彼女は食い入るように翠蘭の肌を見つめ、まるで傷の一つ一つを確かめているかのようだった。

「芙蓉どの。わたしの傷が気になるか？」

翠蘭が険《けん》を含んだ声で問うと、芙蓉ははっとした顔つきになり、すぐににやりと笑った。

「いいえ。古い傷には関心ありません。ただ、公主さまは吐蕃の獣《けもの》とご一緒《いっしょ》だったのでしょう？　玉の肌に噛《か》み痕《あと》でも残されたのではないか、とご心配申し上げているのですわ」

その言葉を聞いた途端、翠蘭の頬《ほお》に熱が宿った。

それが羞恥《しゅうち》なのか、怒りなのかは分からない。

そんな翠蘭を白々《しらじら》としたまなざしで眺め、芙蓉が櫛《くし》を取った。

「さあ、公主さま。今度はお髪《ぐし》を梳《す》いて差し上げましょう」

「もう、いい。自分でやる」

手を伸ばした翠蘭に、芙蓉が軽蔑《けいべつ》のこもった目線を送る。

「まあ、そんなことをおっしゃるなんて、公主さまはどちらのお生まれですの？」

「そういう芙蓉どのは、どうして吐谷渾にいる？」

翠蘭は隙《すき》を逃さず質問をぶつけた。

そんな翠蘭の顔を、芙蓉が注視する。その顔からは微笑《ほほえ》みが消え去り、まなざしからは激しい憎悪《ぞうお》が感じられた。

「答えたくありませんわ」

短い沈黙の末、芙蓉は、ぷいと顔を逸《そ》らした。

「わたくしは、もう唐の臣下《しんか》ではございませんのよ。それでも、同郷のよしみでご協力申し上げたのです。それなのに、公主《こうしゅ》さまは兵士ばかり気になされて、わたくしには少しも感謝なさいませんのね」

「芙蓉どのが、ご自分について語られないからだ」

するど芙蓉は、唇の両端を吊《つ》り上げて、にっと笑った。

「子細《しさい》をお知りになれば、生きては戻れませんことよ」

「どういう意味だ？」

「さあ。次は、お食事を召し上がっていただきましょう」

芙蓉が笑いながら翠蘭の問いを退けた。これは、ひどく無礼なことだった。すでに許されているなら問題はないが、公主に対する態度としては不敬《ふけい》である。

けれど、芙蓉は明らかに翠蘭を侮《あなど》っていた。

この態度が、翠蘭を世民《せいみん》の実の娘ではないと知っているが故《ゆえ》なのか、それとも、唐という国に対する怨恨《えんこん》が取らせるものなのかは分からない。

「知りたくば慧さまとご相談なさいませ」

芙蓉が天幕を出ていこうとする。

「待ってくれ!!」

翠蘭は、芙蓉を追いかけようとした。

しかし、垂れ幕から外へ出た途端、左右に控えた兵士が翠蘭の前で槍《やり》の柄《え》を重ねる。彼らは無言で翠蘭の胸を押し、出るなと目線で制止した。

「芙蓉どの!!　これはいったい何の真似《まね》だ!?」

翠蘭が怒鳴《どな》ると、芙蓉は足を止めて振り返った。

「あら、警護の者ですわ。公主さまをさらった吐蕃の獣《けもの》が、また現れないとも限りませんもの。どうぞ、おとなしくなさってくださいな。公主さまの御《おん》ためなら、と王は二つ返事で捜索を引き受けましたけれど、内心ではたいそう迷惑に感じておられますわ」

彼女は袖《そで》で口許《くちもと》を覆《おお》い、あふれる笑みを押し隠そうとする。

「そう、公主さまが事故でお亡くなりになったと報告することもできますのよ」

「芙蓉どのっ!!」

もはや翠蘭の呼び掛けにも答えず、芙蓉は裙《スカート》の裾《すそ》を揺らして去っていく。

なおも後を追おうとする翠蘭を、兵士たちが乱暴に押し戻した。険《けわ》しい顔の兵士たちは槍の柄で地面を叩き、中に戻れと顎《あご》の動きで命じた。

ほんの短い時間、翠蘭は兵士たちを倒す方法を考えた。

だが、天幕の陰から現れた慧が、兵士たちを荒々しい手つきで左右に分けると、中に入れと翠蘭に命じた。

「どうなっているんだ、慧?」

幼馴染《おさななじ》みの言葉に従い、天幕の中に戻った翠蘭は尋《たず》ねる。

慧はもう一度、入り口の垂れ幕を上げて外を窺《うかが》い、改めて口を開いた。

「あの騒ぎのあとに道宗さまと諮《はか》り、吐谷渾の諾曷鉢王に助力を求めた。隊列の兵士にさいわい死人は出なかったが、皆が怪我《けが》をしていて動ける状態じゃない」

立ったまま報告する慧に、翠蘭は顔をしかめて嚙《か》み付いた。

「それでは話が通らない。おまえは、諾曷鉢王に何と報告したんだ？　川を下ってくる兵士はいなかったし、森から出てきた兵士は最初からリジムを殺す気だったぞ」

「…あの男は、リジムと名乗ったのか」

すっ、と慧が青い目を細める。彼の仕草には独特の凄《すご》みがあった。

翠蘭は気圧《けお》されて声を落とした。

「そ…そうだ。吐蕃の臣で、リジムという名だと…」

「あの男が、吐蕃王だ」

「……え？　なに…？」

「あの男が吐蕃王、クンソン・クンツェンだ」

呆然《ぼうぜん》とする翠蘭に、慧が繰り返した。

けれど、彼の声はうまく翠蘭の耳に染《し》み込まない。言葉とともに、頭に浮かんだリジムの顔が、くるくると意識の表層で回っている。

「……うそ…」

「嘘《うそ》じゃない。俺は、サンボータから聞いたんだ」

「サンボータどのに…？」

「そうだ。翠蘭が川に落ちた夜、サンボータも俺たちを追いかけてきた。奴には賊《ぞく》が吐蕃王本人とその配下だと判っていた。だから、問題が大きくなる前に収拾《しゅうしゅう》したがった」

「でも、…それも変だよ」

翠蘭は唇に拳《こぶし》を押し当て、力ない声で主張した。

「だって、…彼は、何度も『吐蕃王』という言葉を使った。自分以外の人間みたいに、…王に命令されたとも言っていた」

「その『吐蕃王』は、おそらくソンツェン・ガムポ王のことだろう。クンソン・クンツェンの父親で、吐蕃を大国に仕立てた大王だ」

「吐蕃王は二人いるのか…？」

「いや、一人だ。ソンツェン・ガムポ王は二年前に退位して、息子に王位を譲《ゆず》ったらしい。だが、対外的にはソンツェン・ガムポ王の名前の方が知られている」

「皇上《こうじょう》は、ご存じなのか？」

もつれる舌で問うた翠蘭に、慧は少し困った顔で答えた。

「さあ、皇上のことは判らない。だが、吐蕃王にしても、王位の継承を隠して公主《こうしゅ》の降嫁《こうか》を願ったりはしないだろう。それでは唐の皇帝を騙《だま》すことになる」

「…そうだな」

おそらく、世民は知っていたのだ。あえて言わなかったのは、翠蘭の嫁《とつ》ぐ相手が何歳で、どんな性格の人物なのか、大した問題ではないと思っていたからだろう。

世民にとって重要なのは、吐蕃王に公主《こうしゅ》を娶《めあわ》せるという事実だ。

それに、翠蘭も聞かなかった。

実際に王と顔を合わせる前に、いろいろと調べるのは失礼だと思っていた。いや、失礼だという言い訳をもって、ふくらむ不安を押さえようとしたのかもしれない。

「クンソン・クンツェンと父親は折り合いが悪いそうだ。父親はヤルルンという地で暮らしているが、息子はツァシューという地に城を構えているらしい」

「それで…」

何を問いたいのかも分からず、翠蘭はつぶやいた。リジムが吐蕃王だという事実は、まともな思考もできないほど、翠蘭を激しく動揺《どうよう》させている。

「どうしよう、慧…」

「このまま、隊列に戻らなければいい」

慧が確信に満ちた声で言った。

気が付けば、いつの間にか右の手首を摑《つか》まれている。

「…慧、放せ…」

「いやだね」

慧は軽い口調で投げやりに応《こた》える。

けれど、その表情は真剣だった。

「俺は五年前、翠蘭の親父《おやじ》さんと約束したんだ」

ゆっくりと慧の指に力がこもる。翠蘭は肉に食い込む骨の存在を感じた。

「…何の約束をした？　わたしに関係あることか？」

「それ以外に、何がある」

慧が乱暴に翠蘭を引き寄せた。

翠蘭は慧の胸にぶつかる寸前で、なんとか足を止める。

手首を摑《つか》んだ慧の指は冷たい。

その指が、小刻みに震えていた。

「何を約束したんだ？」

「戦《いくさ》で手柄《てがら》を立てて戻ったら、おまえに求婚してもいい、と――」

掠《かす》れた声で紡《つむ》ぎだされた慧の言葉に、翠蘭はぽかんと口を開けた。

「わたしと結婚していい、と父上が言ったのか⁉」

「…違う。求婚してもいいという許可をもらった。だが、戦から戻った時には、おまえは吐蕃王に嫁《とつ》ぐことに決まっていた」

「それは――」

もはや口にすべき言葉も思い付けず、翠蘭は慧を見つめて絶句する。

慧には悪いが、彼の言葉は信じられなかった。

　十三年前、翠蘭の祖父母の屋敷に連れてこられた慧は、生きる意思を失っていた。厩《うまや》の隅《すみ》で膝《ひざ》を抱えた彼に、翠蘭は食べ物を運び、口許《くちもと》に匙《さじ》を当てて食べさせた。口の端《はし》からこぼれる粥《かゆ》を拭《ぬぐ》い、何度も辛抱《しんぼう》強く声をかけた。夜は、厩に夜具《やぐ》を持ち込み、彼の体を抱き締めて眠った。

　あの頃、翠蘭はまだ幼かったが、慧を助けたくて必死だった。慧が微笑《ほほえ》んでくれた時の喜びは今も胸にある。慧は、翠蘭にとって家族だった。

「慧、わたしは…」

　口ごもる翠蘭の手首を持ち上げ、慧が薄い笑いをこぼした。

　彼の手は、まだ震えている。

　その震えを抑えるように、慧が反対側の手を添えた。

「は…はは、俺はサンボータの言葉を信じてなかったらしい」

「サンボータどのが何だって？」

「おまえが生きていると言った奴の言葉を、本当は信じていなかった。絶対に、戻ってこないと思っていた。だから、逆に冷静にふるまえた…」

「……慧」

「このまま一緒《いっしょ》に逃げよう、翠蘭」

「どこへ逃げるんだ…？」

「そうだな。西域《せいいき》あたりはどうだろう」

ほのかに笑いを含んだ声で慧が提案する。

「とにかく是《うん》と言ってくれ。ここは…」

途中で慧は、はっとした様子で言葉を切った。

ほとんど同時に、音もなく垂れ幕が上がり、料理を手にした芙蓉が天幕に入ってきた。

「お食事をお持ちしました」

澱《よど》みのない声で、芙蓉が用件を告げる。その冷たい声音《こわね》と、ちらりと翠蘭に向けられたまなざしには、少なからぬ嘲笑《ちょうしょう》と軽蔑《けいべつ》がこめられていた。

おそらく、天幕の外にひそんで、話の一部始終《いちぶしじゅう》を聞いていたのだろう。

器《うつわ》に盛られた料理は、かすかな湯気もたたないほど冷めきっていた。

「どうぞ、お召し上がりください」

芙蓉が抑揚《よくよう》のない声で勧める。

翠蘭は仕方なく料理に手をつけようとしたが、その腕を慧が摑《つか》んで引き戻した。

「どうした、慧?」

何事かといぶかしむ翠蘭には答えず、器を取った慧は、料理のにおいを嗅《か》ぐなり芙蓉に投げ付ける。いきなりの暴挙《ぼうきょ》に、さすがの芙蓉も小さな悲鳴を上げて床に座り込んだ。

そんな彼女に、慧が容赦《ようしゃ》ない怒声《どせい》を浴びせた。

「客に毒を盛るのが吐谷渾の流儀《りゅうぎ》か!?」

すると、それまで頭をかばいながら床に伏せていた芙蓉が、やにわに顔を上げると涙の溜《た》まった瞳で慧を睨《にら》み付けた。

「吐谷渾の流儀など知ったことか！」

「だが、唐の流儀というなら、ますます解《げ》せない」

立て、と芙蓉の腕を摑《つか》み、慧が力任せに引き起こした。

「よせ、慧!!　乱暴するな！」

翠蘭は慧の腕を押さえて懸命《けんめい》に制止する。

しかし、慧は芙蓉を放さないばかりか、摑んだ腕を捩《ね》じ上げた。

芙蓉は痛みに耐え兼ね、低い呻《うめ》き声を漏《も》らした。

「やめろと言っているだろう!!」

「こいつは、おまえを殺そうとしたんだぞ！」

「わたしを？　どうして？」

呆然《ぼうぜん》とつぶやいた翠蘭に、第四の声が答えた。

「あなたが吐谷渾にとって邪魔《じゃま》な存在だからです」

ややあって垂れ幕の向こうから、悄然《しょうぜん》とした顔つきの陽善が現れた。

彼の後ろには、頭の天辺《てっぺん》から足の先まで真っ黒な羃䍦《マント》で包んだ小柄《こがら》な人物が続いている。わずか七、八歳の子供ほどの大きさしかない黒羃䍦は年も性別も分からない。

「芙蓉を放していただけませんか、慧さま？」

陽善が掠《かす》れた声で頼むと、慧は小さく舌打ちし、芙蓉の体を手荒く床に突き放した。

そんな慧に会釈《えしやく》して、陽善は翠蘭に向き直った。

「おかけください、公主《こうしゆ》さま。これから長い話をしなくてはなりません」

翠蘭は、おとなしくうなずいて寝台に腰を下ろした。

得体《えたい》の知れない危機感はあるが、相手が口を割ろうというのだ。この機会は逃せない。

すると、またしても陽善が会釈し、滔々《とうとう》たる口調で喋《しやべ》り始めた。

「私はご覧のとおり、一介《いつかい》の僧ですが、父は地方官吏《かんり》を務めております。昨年、私の妹も、公主さまと同じく遊牧民の王に嫁《か》すように命じられました」

「陽善どのの妹御《いもうとご》が？」

「そうです。妹は公主に擬《ぎ》せられ、吐谷渾王、諸曷鉢の妃《きさき》になったのです」

「…知らなかった」

翠蘭が驚きを示すと、陽善は小さく微笑《ほほえ》んだ。

「それは、公主さまに限ったことではありません。多くの漢人は知らないはずです。かくいう私も、妹の降嫁《こうか》を知ったのは、当の妹がこの吐谷渾の地にたってから後のことでした」

「どうして、妹御が公主に擬せられたんだ？」

黙って陽善の話を聞くべきだ、と思いながらも、翠蘭は問わずにいられなかった。翠蘭を選んだ時、世民は乗馬ができるだの気が強いだのと条件を並べ立てた。それが、他の女性にも当てはまるのかが知りたかったのだ。

「妹は漢土《かんど》の伝統的な歌が得意なのです」

陽善が的確な答えを返した。

「吐谷渾王は、漢土の文化に造詣《ぞうけい》の深い娘が欲しい、と皇上《こうじょう》に求めたようです。もちろん、どんな娘が欲しいかと皇上御自《おんみずか》らがお尋《たず》ねになった上でのことでしょうが」

「それで、陽善どのの妹御が選ばれたわけか」

「はい。妹の歌声は迦陵頻伽《かりょうびんが》にたとえられるほどで、皇太子の妃選びに名乗りを上げたのが不運でした。即日の降嫁を命じられ、支度《したく》を整える暇《ひま》も、家族との別れを惜《お》しむ時間さえ与えられず、わずかな供だけを連れて吐谷渾に嫁したのです」

「それもこれも吐蕃のせいですわ!!」

敷布《しきふ》に座り込んでいた芙蓉が、両の拳《こぶし》で床を叩いた。

「もともと唐は、吐蕃など相手にしていなかったのです!!　公主の降嫁についても、一度は断られたはず。それも、唐の同盟国《どうめいこく》である吐谷渾と敵対しているがためです!!　それなのに松州《しゅう》などに兵を進めて、力ずくで降嫁の約束を取り付けて…!」

「吐蕃に公主を贈るなら、吐谷渾にも降嫁を認めよ、という話になったようです」

怒りで声を詰まらせた芙蓉に代わり、陽善が続けた。

「それも、吐蕃よりも先に、ということで、即日の降嫁が挙行《きょこう》されました。こちらの芙蓉は妹の従姉《いとこ》で、媵人《ようじん》として吐谷渾に同行してくれました。父君が亡くなられて我が家に身を寄せていましたが、立派な家柄《いえがら》の令嬢《れいじょう》です」

「立派な家柄の御令嬢が、人殺しの依頼とはな」

低い声で慧が吐き捨てた。

途端に、芙蓉の顔に憎悪《ぞうお》の色が宿る。

「おだまりなさい!! わたしにも分からない。どうして、わたしを殺すという話になるんだ?」

「芙蓉どの、わたしにも分かりません!!」

翠蘭がそろりと尋《たず》ねると、芙蓉は荒々しい調子で涙に湿った息をついた。

「吐蕃への公主《こうしゅ》の降嫁《こうか》を邪魔《じゃま》しなければ、吐谷渾の存続が危うくなるではありませんか。吐谷渾の存在意義は、何よりも吐蕃の侵攻を防ぐためにあるのです。吐蕃と唐が結べば、それでなくとも波風の立ちやすい吐谷渾内に、さらなる喧騒《けんそう》が起こることは必至《ひっし》です」

でも、と芙蓉は壮絶《そうぜつ》な顔で笑った。

「わたくしは、吐谷渾などどうでもいい。ただ、王に死なれては困ります」

「どうして、そんなことを…?」

「遊牧の民は、おのが義母《ぎぼ》や義妹《ぎまい》を平気で妻にするではありませんか!! 意に染《そ》まぬ相手との婚礼は我慢できても、そんな禽獣《きんじゅう》のごとき真似《まね》だけはできません!」

わっ、と声をあげて、芙蓉が泣き崩《くず》れた。

陽善が膝《ひざ》をつき、震える芙蓉の肩を優しく撫《な》でた。

芙蓉の言うことは、翠蘭にも理解できた。

王が死んだ時、次の王が先代の妃《きさき》や側妾《そくしょう》を、すべて自分のものにしてしまうという遊牧民の風習は、翠蘭にも生理的な嫌悪《けんお》を感じさせる。それが他人なら我慢もできるが、義父《ぎぼ》や義兄《ぎけい》、義弟《ぎてい》との再婚は、忌《い》むべきこととしか思えない。

「でも、唐と吐蕃が結んだからといって、すぐに吐谷渾が危機に陥《おちい》るわけじゃないだろう」

翠蘭の指摘に、芙蓉が涙に濡れた顔を上げ、唇をゆがめて笑った。

「皇上《こうじょう》に命じられる瞬間まで、わたくしも、わが君も、蛮族《ばんぞく》の王に贈られようとは考えてもおりませんでしたわ。まして、数日後には、追われるように長安を発《た》たされるなど…」

「王の死後、帰国を願い出るというのは無理なのか?」

翠蘭の問いに、芙蓉は嘆息《たんそく》した。

「物知らずの公主さま。かつて遊牧民に嫁《か》した公主に帰国を許した皇帝はおりませんわ。第一、弘化《こうか》公主の名を与えられても、わが君は偽者《にせもの》なのですもの。そんな者の行く末を、皇上が案じてくださるわけはありません」

それに、と芙蓉が声を低める。

「自らが亡弟《ぼうてい》の正妃《せいひ》を奪い、寵愛《ちょうあい》なさった皇上に、わたくしたちの胸のうちが分かるはずもない。嫁しては、その家の風習に従えという道徳を盾《たて》に取って、帰国の願いなど一言《いちごん》の下《もと》にはね付けられるでしょう。元より、そのための偽《にせ》公主なのですから…」

ふ、と翠蘭を見つめる芙蓉の目に、疑いの色がよぎった。

そのまなざしは、おまえも偽公主か、と翠蘭に問うている。

翠蘭は、目をそらさなかった。受けて立つという態度を示すでもなく、漫然《まんぜん》と芙蓉の視線を受け止めた。

まるで芙蓉の疑惑そのものにさえ気付かない様子で——。

「これは、諸葛鉢王も承知のことなのか？」

「もちろん」

芙蓉が、なぜか憎々しげにうなずく。

「けれど、手出しはなさいませんわ。わたくしの話を黙って聞かれ、漢語《かんご》の喋《しゃべ》れぬ兵士を預けてくださっただけです。もし、今度のはかりごとが唐に知れても、与《あずか》り知らぬことと仰《おお》せになるでしょう」

「そんな卑怯《ひきょう》な……」

「ええ。皇上《こうじょう》とご同類ですわね」

軽蔑《けいべつ》のこもった声で芙蓉が吐き捨てた。

「とにかく、わたくしは今度の婚姻《こんいん》を認めることができませんの。公主《こうしゅ》さまのお命を奪い、吐蕃の仕業《しわざ》に見せかけますわ。吐蕃にも、唐との不均衡《ふきんこう》な同盟《どうめい》を阻《はば》もうとする者たちがおりますもの」

でも、と翠蘭は敷布《しきふ》の上に落ちた器《うつわ》に目を向ける。

「毒を盛るというのは、あまり適当な方法ではないのではないか？」

翠蘭が言い終えた途端、くすくすくす、と物をこするような忍び笑いが聞こえた。

誰の口から漏《も》れているのか、と首を巡《めぐ》らせば、入り口付近に立っている黒幕罨《くろマント》の口からだ。

翠蘭の視線に気付いたらしく、彼——おそらく——は笑いを止めた。代わりに、しわがれた耳障《みみざわ》りな声で喋りだした。

「まったく公主さまのおっしゃるとおりです。毒殺はいただけませんな」

しかも、と黒羃䍦が声を高める。

「慧どのにすぐ知れるような毒、…そのあたりに生えている毒草ではね」

「おまえは？」

「おや、失礼。ご挨拶《あいさつ》がまだでしたね。あたしは石燕《せきえん》と申します。いわゆる魔術師《まじゅつし》ですが、吐谷渾の者ではありません。生まれは西域《せいいき》の片田舎《かたいなか》ですよ」

「それが何故《なぜ》、吐谷渾に協力する？」

翠蘭の問いに、黒羃䍦——石燕はけくけくと笑った。

「金になりますからねえ。いちばん、大切なことですよ」

「隊列の人足《にんそく》の足を摑《つか》んだのは、おまえか？」

「そうですよ。長安からの道中、陽善さまが人足や宮女に嘘《うそ》を吹き込み、吐蕃への同行を恐れさせて、あの一件でとどめを刺しました。おおかたが恐怖に負けて逃げ去りましたから、その分、悪事の目撃者が減ったわけです」

悪びれた様子もなく、石燕が打ち明ける。

「焚《た》き火を破裂《はれつ》させて、天幕を燃やしたのは陽善さまですが、兵士に幻覚を見せたのはあたしです。ちょいと羹《スープ》に細工《さいく》をしていただきましてね。公主さまも御覧になりましたか？」

「…あの黒い踊り子か」

「うふふ。なかなか壮大な見せ物だったでしょう」

　石燕が笑い、さらに続けた。

「最終的な目的は、公主《こうしゅ》さまを殺すことでしたが、隊列の中で実行したのでは意味がありません。あくまでも吐蕃の仕業《しわざ》に見せかける。これこそが肝要《かんよう》でした。人足《にんそく》を追い払い、兵士にも正確な判断力を失っていただく予定だったのですが……」

「別口《べつくち》が乱入してきたんだな」

　翠蘭は、わざと意地悪く笑った。

　石燕は嬉《うれ》しそうに応じる。

「仰《おお》せのとおり。あの時は、どこの誰とも分かりませんでしたけれどねえ」

　石燕が、ちらりと慧に目を向けた。

「こちらの護衛官どのはご存じだったようですね。公主さまを連れて逃げるから、と命乞《いのちご》いをしておいて、とんだ裏切りだとは思われませんか？　そんなことだから、芙蓉どのが苛立《いらだ》って料理に毒など仕込むのですよ」

　どういうことだ、と問う前に、翠蘭は思考を一巡《ひとめぐ》りさせた。

　石燕の説明は矛盾《むじゅん》が多すぎる。

「わたしを殺したいのだろう？　それなのに慧を仲間にしたのは何故《なぜ》だ？」

「陽善さまが、公主さまを殺せないと仰《おお》せになりましたからね。公主さまの信用を得て、隊列から連れ出すのも陽善さまの役目でしたが、情《じょう》が移ったのでしょうか。それならば、いっそ愛人と一緒《いっしょ》に出奔《しゅっぽん》していただこうかという話になったのですよ」

だが、と翠蘭は低い調子で反論した。

「遺体がなければ困るのではないか？」

「そうですな。公主さまが逃げれば、我々は偽《にせ》の遺体を用意せねばなりませんな」

「そんなに都合よく遺体が見つかるものか」

「なあに、簡単です。ないなら作ればいいのです」

「わたしと同じ年頃の女を殺すのか」

「それも漢人の女を、ですな。公主さまほど背の高い女は見つけるのは、ちと難しそうですが、不可能なことじゃありません」

もっとも、と石燕が息をつく。

「陽善さまは、反対なさるでしょうねえ。人の命を惜《お》しんで大事を為《な》そうなど、意気地《いくじ》のない御方ですよ。けれど、まあ、のっぴきならない状況に陥《おちい》れば、決意をなさるかもしれません。一度は諦《あきら》めた相愛《そうあい》の芙蓉どのと、もう一度、手を取り合おうとなさったのですからね」

「やめろ、石燕！」

陽善が怒鳴《どな》った。

彼は蒼白《そうはく》な顔で、握り締めた拳《こぶし》を震わせている。その様子は以前の彼と少し違い、俗人の様相を窺《うかが》わせていた。

「おまえなどに侮辱《ぶじょく》される覚えはない」

「お言葉ですが、陽善さま。私が取るべき方法に迷ったのは、あなた方のご意見が一致しなかったからですよ。芙蓉どのの最初の依頼どおり、殺せと命じられたままなら、公主《こうしゅ》さまが赤嶺《ドニデラ》にさしかかった夜に息の根を止めておりました」

「嘘《うそ》をつくな」

不服げな石燕の主張を、陽善は一言《いちごん》のもとに退ける。

「あの時、おまえは吐蕃の者の乱入で、なす術《すべ》もない状態だったではないか。隊列の人数を減らせば、楽に仕事が片付くなどと言いながら、結局はあらゆる面でしくじった。千里《せんり》の果てまで見通せるとも言ったくせに、川に落ちた公主さまを見つけたのも今朝《けさ》だ」

「ご依頼主の優柔不断《ゆうじゅうふだん》のおかげでね」

「おまえのような者を雇《やと》うのではなかった」

陽善が深い息をつくと、石燕は尚《なお》も反論する。

「解雇《クビ》だとおっしゃるなら従いますよ。あなた方に事態が収拾《しゅうしゅう》できるなら、ですがね」

くほくほと石燕が含み笑いを漏《も》らし、ずいっと翠蘭に近付いた。

「さて、どうなさいます、公主さま？　花嫁《はなよめ》の立場を捨てて慧どのと逃げるか、それとも草原の土と化するか。どちらかひとつを選んでください」

「どちらも嫌だと言ったら？」

「ほほお、愛人との駆け落ちはお気に召しませんか。遊び相手にはよくても、夫とするには足りないというわけですね。では、強制的に後者を選んでいただきますよ」

石燕が残念そうな声を出す。彼の声音《こわね》には、少しもギラギラしたところがない。その底に沈む殺意の気配をわずかも感じさせないのだ。

もちろん黒幕罵に隠された素顔のように、言葉の内には鋭い刃《やいば》が隠されている。必要とあらば、すぐに行動に移せる男なのだろう。翠蘭の喉《のど》を掻《か》き切る場面になっても、彼はいささかもためらわないに違いない。

「今朝方《けさがた》、わたしを湯を引き込もうとしたのも、おまえか?」

「ああ。あれは、ほんのご挨拶《あいさつ》ですよ。お二人の睦《むつ》まじいご様子に妬《や》けましてね。面白い演出をしてさしあげようと思ったのですが、吐蕃の魔術師の護符《ごふ》に邪魔《じゃま》されました。まったく、この地の『精霊』とやらは質《たち》が悪い」

「わたしと『彼』を一緒《いっしょ》に殺せば、犯人を仕立てるのも簡単だと思ったのだろう」

翠蘭の指摘を受けて、一瞬だが、石燕の全身から怒りの気配が立ち上った。

「公主さまとご一緒なのが吐蕃王と知っていれば、別の手を打ちましたよ。公主さまが欲しい、と陽善さまを口説《くど》いておきながら、慧どのは話してくださいませんでしたからね」

「外で立ち聞きをしていて気付いた、か」

「そのとおり。もっと早く知っていれば、万全の態勢を整えて王の息の根をとめました。あの放蕩王《ほうとうおう》は一人息子でね。おまけに戦《いくさ》の才ときたら、大王と称《たた》えられる父王も問題ではありません。あの息子がいたからこそ、吐蕃はあれほどの大国になったのですよ」

さて、と石燕は語調を改めた。

「あらかた話しましたが、決心はおつきになりましたか？」

「…そうだな」

翠蘭は深呼吸し、穏やかな声で答えた。

「もう少しだけ考えさせてくれないか」

七、河源の星

翠蘭《すいらん》の申し出は、明らかな時間稼《かせ》ぎだった。

けれど、陽善《ようぜん》は受諾《じゅだく》した。おそらく、そうなるだろうと翠蘭も思っていた。いくら石燕《せきえん》が威《い》勢《せい》をふるっても、雇い主は陽善と芙蓉《ふよう》だ。芙蓉は翠蘭殺害を強固に申し立てたが、陽善が彼女を説《と》き伏せた。

もっとも陽善の考え方が永続的なものとも限らない。

彼のやり方では、計画が破綻《はたん》するのは目に見えている。

芙蓉も、石燕も、それを知っているのだ。彼らは最初から翠蘭を殺すつもりで、心を変えてもいない。それでも陽善の意見を聞くふりをするのは、彼を利用したことへの後ろめたさか、あるいは生活の中で培《つちか》われた人間関係の為《な》せる業だろうか。

でも、と翠蘭は考える。

彼らはリジムを逃《と》してしまった。

もう公主《こうしゅ》殺害を吐蕃《とばん》内部の仕業《しわざ》に見せかけることは難しくなっている。

吐蕃側も、自分たちが犯人に仕立てられるのを、手をこまねいて待ったりしないだろう。

それならば、翠蘭を殺すのは早い方がいいはずだ。

芙蓉たちが長々と翠蘭に内実《ないじつ》を語ったのは、遠からず口をふさぐつもりだからだ。

もとより語る必要もなさそうなものだが、――そう考えた時、翠蘭の頭に芙蓉の泣き顔が浮かんだ。

あなたなどには分かりません、と彼女は慧《けい》に叫んだ。

だが、翠蘭なら少しは解ると考えたのではないか。

漢土《かんど》において漢人《かんじん》の道徳を厳しく教え込まれながら、皇帝の命令ひとつで異民族の嫁《よめ》にされ、ともすれば忌《い》むべき再嫁《さいか》を強《し》いられるかもしれない恐怖を胸に抱えて日々を過ごす。

その恐怖を解する者は、周囲に一人としてなく、道徳の名のもとに恐怖を植え付けた同族も彼女を救ってはくれない。

あるいは、唐《とう》も、吐蕃も、吐谷渾《とよくこん》も、芙蓉にとっては同じなのかもしれない。

皇帝たる世民《せいみん》も、吐谷渾王の諸曷鉢も、もしかすれば陽善さえも、芙蓉の人間性を踏みにじり、その人生を破壊した憎むべき相手なのかもしれない。

だとすれば――。

この先、彼女がとるだろう方法は無数にある。

公主《こうしゅ》の死因が、本人の不始末ならば、唐の面子《めんつ》を潰《つぶ》せる。

吐谷渾の仕業《しわざ》と思われれば、諸曷鉢王が叱責《しっせき》を受ける。

どんな結果になっても、一時的になら公主の降嫁《こうか》を阻《はば》めるはずだ。

翠蘭は、盛大に長安《ちょうあん》から送り出された。殺されたので、すぐ次を出しますとは、いくら世民でも言えないだろう。

問題は、どうやって殺すつもりか——。

自分の殺され方を考えていることに気付き、翠蘭は息をついた。

天幕の外は刻々と暮れていき、空腹感が募《つの》っている。疲れもひどくて体を動かすのが億劫《おっくう》だ。ここが敵地でさえなければ、床に倒れ込んで眠ってしまいたい。

しかし、芙蓉たちの出方を待つわけにはいかなかった。

早々《そうそう》にここから逃げ出すことこそ最良の対処法だ。

——とにかく慧を連れて行かないと…。

翠蘭は、森から駆け出してきた時の慧の姿を浮かべた。

彼の金髪《きんぱつ》を目にした瞬間、安堵《あんど》が胸に広がり、陽善に対して芽生《めば》えたかすかな疑惑も消えたのだ。リジムにしても、慧がいたこそから迷いも見せずに退いたのかもしれない。

——リジム…。

ふと翠蘭は、リジムが戻ってくるのではないか、と思った。

けれど、戻って欲しくない、とも思った。

リジムのことを考えると、困惑ばかりが胸で渦巻《うずま》く。

何故《なぜ》、彼は自分が王だと名乗らなかったのか——。

何も知らない翠蘭が、あれこれと不安を募《つの》らせて心配する様子を見て、楽しんでいたのかもしれない。

翠蘭を公主と知った瞬間から、彼には翠蘭を連れ帰るという義務が生じた。

あのまま翠蘭を見捨てていれば、まさに芙蓉たちの望む結果になったのだから。

——でも、あの時…。

翠蘭は知らず、指先で自分の唇に触れる。

月の岩場で、一方的な口づけを受けた時、リジムは好きだとささやいた。

あの声を思い出すと、翠蘭の体に仄《ほの》かな熱が宿り、同時に強い混乱が生じる。言葉どおりの意味だったのか、それとも、ああいう状況での慣用句にすぎないのか。真剣だったのか、それとも、どうせ妻になる相手だから、とかるく考えていたのか。

——そんなこと…!!

今は関係ない、と翠蘭は強い調子で自分に言い聞かせた。

ぐずぐずしている時間はないのだ。行動を起こすなら早い方がいい。

小さく首を巡《めぐ》らせた翠蘭は、実際的な方法を考え始める。

天幕の外には見張りの兵士がいる。一人ならば倒せる自信があるが、二人となれば別々に対処しなくてはならない。

問題は、どうやって引き離すか、だ。

翠蘭は左腕を曲げ伸ばしして力こぶの状態を確かめ、裙《スカート》の裾《すそ》を軽く持ち上げて自分の脚線を観察した。幸いに天幕の中は暗く、顔立ちを吟味《ぎんみ》するような余地もない。一度限りの色仕掛けには最適の環境だ。

気は進まないけれど、翠蘭の手元には他に武器がない。

どうか、退屈しきった兵士がその気になってくれますように、とひそかに祈る。

それから翠蘭は深くうなずき、そっと垂れ幕の外へ顔を覗《のぞ》かせた。

天幕の外に立っている二人の兵士が同時に振り返り、手にした槍《やり》を握り直した。

彼らは、翠蘭が陽善たちと話をする前から見張りについていた兵士だった。若い兵士はいささか疲れた様子で、年配の兵士は怒ったような顔をしている。

無理だろうか、と危ぶむ心を抑えつけ、翠蘭は年配の兵士に微笑《ほほえ》みかけた。なれない作り笑いに口許《くちもと》が引きつったが、長安からの道中、それなりに鍛《きた》えてきた甲斐《かい》はある。

翠蘭と目が合った瞬間、強面《こわもて》の兵士の表情に変化が表れた。

「ちょっと…」

通じないのを承知で、翠蘭は漢語《かんご》で呼びかけた。

ついでに、ちょいちょいと指先で手招きしてみる。

年配の兵士は顔をしかめ、槍を天幕の入り口にたてかけた。

若い兵士が、吐谷渾の言葉で何か尋《たず》ねた。

その問いに、年配の兵士も吐谷渾の言葉で答え、翠蘭の方へ向き直る。早鐘《はやがね》を打つ心臓をなだめつつ、翠蘭が天幕の中に戻ると、年配の兵士も後をついてきた。

「いちおう、はじめに謝《あやま》っておく」

背を向けたままの翠蘭が漢語でつぶやくと、年配の兵士が翠蘭の肩を摑《つか》んだ。

しかし、その手つきはいかにも遠慮《えんりょ》がちで、自分の行動に確信がもてていない様子だ。

翠蘭は、すばやく振り向き、掌底《しょうてい》で兵士の顔面を打った。

がっ、と兵士がうめいて膝《ひざ》をつく。その隙《すき》を逃さず背後に回り込んだ翠蘭は、鎧兜《よろいかぶと》のわずかな隙間《すきま》から腕を差し込み、一気に彼の首を絞《し》め上げた。

兵士の太い首に腕を回した瞬間、翠蘭は失敗したと思った。

想像よりも兵士の首が太かったのだ。細い布や紐《ひも》を使うと殺してしまう危険があるから腕にしたが、これでは物音をたてずに失神させるのは難しそうだ。

兵士は口から獣《けもの》のうなりに似た声をもらし、翠蘭を背中に取り付かせたまま立ち上がろうとする。ごつい腕が伸びてきて、翠蘭の髪を鷲摑《わしづか》みにした。

——いたたっ！

髪を摑まれた焦《あせ》りから、翠蘭は絞め上げる腕にさらなる力を込めた。

翠蘭にとっては永遠とも思える短い時間の末に、兵士はくうっと空気の塊《かたまり》を飲むと、だらりと手足を伸ばして意識を失った。

翠蘭は、兵士の体を放して、しばらく荒い呼吸を繰り返した。

このまま倒れて眠れたら、どんなに幸せだろうか。

膝《ひざ》に手をついて立ち上がると、全身が泥のように重かった。

もう一人の兵士を物音をたてずに落とせるだろうか、と不安に感じながら天幕を出ると、見張りの兵士がいない。

慌《あわ》てて周囲を見回すと、天幕の陰に倒れた兵士を見下ろす慧の姿があった。

「もう一人は、おまえがやったのか？」

「殺してないけど…」

「俺も、こいつを殺したわけじゃない」

慧は不機嫌に言い、失神した若い兵士の体を天幕の中に押し込んだ。

「逃げるんだろう」

「うん。でも、よかった。どうやって慧を探そうかと思っていたんだ」

翠蘭が心から安堵《あんど》の息をつくと、慧が冷たい調子で断じた。

「俺のことは心配しなくていい」

「そんなわけにはいかないよ」

「言っておくが、『あれ』は嘘《うそ》だからな」

押し殺した声で、口早に慧が言った。

『あれ』とは何のことだろうか、と翠蘭は考える。もしかすると、一緒《いっしょ》に西域《せいいき》へ逃げようという話か。だとしたら、ひどい嘘もあったものだ。

「ちょっと本気にしたのに」

「おまえまで嘘をつくな」

翠蘭の抗議を一言《いちごん》のもとにはねつけ、行こう、と慧が促した。

「道宗《どうそう》さまが待っている」

道宗のところへ戻るということは、すなわち吐谷渾の王と対面するということだ。

しかし、吐谷渾王は翠蘭を殺そうとはしないだろう。陽善とは違う理由で、彼は自分の膝元《ひざもと》に飛び込んできた翠蘭——公主《こうしゅ》を殺せない。

「でも、慧。道宗どのが諾曷鉢王の保護を受けるのはいいとして、ディ・セルどのやサンボータどのはどうなんだ？　吐谷渾にとって吐蕃は仇敵《きゅうてき》だろう」

「公主の迎えを捕らえるわけにはいかないさ」

こっちだ、と翠蘭の前に出て、馬の方へ誘導しながら慧が答える。

「それに、吐谷渾も一枚岩じゃない。唐との関係を壊さないまま、吐蕃とも結ぼうという動きもある。遊牧民は集合国家を作るからな。王の下にも、同じ機構を持った小王が集っていて、それぞれに発言権を持っている」

慧の言うとおりだった。

翠蘭も聞いた話でしか知らないが、もともと遊牧民は王位の継承において、一種の協議制を用いていたらしい。つまり、広い土地に王と同じような地位の者が点在し、王が死ねば血統には関係なく、その中から次の実力者が選ばれるというのだ。

厳しい自然環境の中では、本当に実力があるものが皆を率《ひき》いる必要がある。

だが、最近では遊牧民も、血縁者による王位の継承を主流とし始めた。

各地に残った実力者たちは、王国を支える柱となる一方、王国を転覆《てんぷく》させる危険因子《いんし》とも見なされる。その点は、漢土に現れては消える王朝となんら違いはなかった。

「朱瓔《しゅえい》をさらった吐蕃王の配下は、宣王《せんおう》という小王の元に身を寄せている」

翠蘭を森へ導きながら、さらに慧が説明する。

「おそらく、吐蕃王もそちらに行ったはずだ。やつには吐谷渾の言葉も分かるはずだからな」

「吐谷渾の言葉が分かるとどうして知っている？」

「陽善が叫んだ、公主さまを傷つけるなという言葉で、やつは退いたんだ」

「ふうん。慧がいたからだと思ったよ」

翠蘭は小さくつぶやき、森の端《はし》につながれた二頭の馬へと視線を移した。

そこは天幕から近いのに、完全な死角になっていた。

馬の背には鞍《くら》が置かれ、手綱《たづな》もつけられている。

慧が、木の枝に結《ゆ》わえてあった手綱を解《ほど》いて翠蘭に差し出し、次いで宵《よい》の空に輝き始めた星を指差した。

「俺に何かあったら、あの星に向かって走れ」

「何か、って…」

嫌だな、と翠蘭が気弱になった瞬間、異変は起きた。

それは、ごく小さな異変だった。

翠蘭の右足首に、ひやりとした感触が生じたのだ。

驚いて視線を落とした翠蘭の目に映ったのは、地面から伸びてきて翠蘭の足首の摑《つか》んだ、長くて白い指を備えた人間の腕だった。

ひっ、と悲鳴が喉《のど》に絡《から》み、翠蘭は声も出せなかった。

次の瞬間、腕が動いて、翠蘭の体を引き倒した。

したたかに後頭部を打ち付けた翠蘭は、すぐには立ち上がれなかった。

そんな中、ひやりとした感触が喉にも生じる。

今度は喉を押さえられたのだ、と直感した。

翠蘭は、自由な両手と左足を使い、なんとか立ち上がろうと試みた。

しかし、喉を押さえた手はびくとも動かず、逆に翠蘭の動きで呼吸が圧迫されてしまう。あまり無理をすると、見張りの兵士のように失神しそうだ。

慧、と翠蘭は掠《かす》れた声で助けを求めた。

けれども。

慧は動かなかった。

翠蘭を見下ろす瞳は氷のように冷たい。

冴《さ》え冴《ざ》えとした青玉《せいぎょく》の瞳は、凄絶《せいぜつ》な美しさをたたえていた。

「…慧?」

なおも翠蘭の呼びかけに答えず、慧は仰向《あおむ》けになった翠蘭の体を跨《また》いだ。

ゆっくりと腰に帯びた剣の柄《つか》を握り、さらにゆるやかな動作で白刃《はくじん》をあらわにする。柄を両手を握った慧は、それを頭上まで持ち上げた。

切っ先は、まっすぐに翠蘭の喉を狙っている。

「慧……」

翠蘭は、慧を見つめた。

そんな翠蘭の頬に、ぽたりと水滴が落ちた。

泣いているのか、と翠蘭は思う。

だが、慧が落としたのは大粒の汗だった。

よく見れば、剣をかまえた慧の両腕が小刻みに震えている。まるで剣を振り下ろさせようとする力と争っているようだ。

ぎりりっ、と噛《か》み締められた慧の歯が鳴った。

その音は、妙に強く翠蘭の耳に響いた。

「慧…!!」

翠蘭は、両手で喉を押さえる手をむしり取ろうとした。

しかし、喉と手の間には指を差し込める隙間《すきま》もない。それどころか、翠蘭の指が触れた途端、手は明らかな殺意をもって翠蘭の首を絞《し》めにかかった。

「…っ、ふ…」

気道に残っていた空気を吐き出し、翠蘭は必死で抵抗した。

唐突《とうとつ》に鳥籠《とりかご》の鳥が頭をかすめ、楊氏《ようし》の悲しげなまなざしが瞼《まぶた》に浮かぶ。

死の寸前には過去の思い出が頭を巡《めぐ》るというが、翠蘭は意識して記憶を追い払う。死ぬのなら最後まで現実を見据《みす》えてやる。——そう思った。

そんな翠蘭の耳に、忍び笑いが届く。

ほどなく慧の背後から現れたのは、松明《たいまつ》を手にした芙蓉と石燕だった。

石燕はけくけくと笑い、少し離れた場所から翠蘭たちを眺める。黒幕罽《くろマント》に隠された全身からは、残酷《ざんこく》な瞬間への期待が湯気のように立ち上っていた。

「早く殺して!!」

芙蓉が、低い声で命じる。

だが、慧は動かず、石燕もたたずむばかりだ。

二人の間では、無言の攻防が繰り広げられていた。

苛立《いらだ》った芙蓉が、なれない手つきで短剣を抜いた。

もっとも、それをかまえる間さえなく、別の異変が彼女たちを襲った。

八方《はっぽう》から飛来《ひらい》した火矢《ひや》が、六基の天幕に火をつけたのだ。

ぼん、と鈍《にぶ》い音がして、火柱が上がった。天幕はたちまち炎に包まれ、中にいた兵士たちが草原に飛び出す。喧騒《けんそう》に驚いた馬たちが一斉に走り出した。

短剣を手にした芙蓉が、おどおどと周囲を見回した——その時。

慧が、剣を振り下ろした。

銀の切っ先は空《くう》を裂《さ》き、翠蘭の首を押さえた手をつらぬく。

ぎゃあ、と石燕が凄《すさ》まじい悲鳴を放った。直後、剣を抜いて振り向いた慧が、腕を押さえて苦しむ石燕の胸を刺した。

芙蓉が目を見開き、松明と短剣を取り落とす。

体を起こした翠蘭は、百にも及ぼうかという騎馬の兵士が天幕を取り囲むのを見た。

司令官と思《おぼ》しき男の隣には、青い旗を掲《かか》げた兵士が控え、その隣にはサンボータの顔がある
――と、そこまで確かめた直後、翠蘭は立ち上がった。そのまま、燃え盛る天幕に向かって走り出す。

中央の天幕には、失神した兵士がいるのだ。

このままでは、誰にも気付かれずに焼死してしまう。

もっとも、翠蘭は炎の中へ飛び込む必要はなかった。天幕にたどり着くより先に、煤《すす》で顔を黒くした見張りの兵士が二人、ぼうっとした顔で座っているのに気付いたのだ。

翠蘭は急に脱力を感じ、自身もぺたりと地面に座り込んだ。

天幕を取り囲んだ騎馬の群れから離れ、司令官とサンボータが馬を寄せてきた。

「ご無事ですか、公主《こうしゅ》さま？」

滑《なめ》らかな動きで馬を降りたサンボータが、翠蘭の側に膝《ひざ》をつく。

咄嗟《とっさ》には言葉が出なくて、翠蘭は何度もうなずいた。

「……サンボータどのも」

ようやく声を発すると、口の中が渇《かわ》いているせいか声が掠《かす》れた。

サンボータは小さく笑い、翠蘭の手を取った。

「私は死にませんよ。あと五十年ほど生きる予定ですから」

「長生きだな」

「その後は、龍になって地下で暮らす予定です」

にこりと笑うサンボータの後ろから、司令官もやってくる。

髭面《ひげづら》の司令官は、翠蘭と目が合うと地面に膝をついた。

「お初《はつ》にお目もじいたします。私は、吐谷渾の臣下《しんか》で宣王と申します。この度《たび》は、わが王の領地にて、公主さまには大変なご迷惑をおかけいたしました。王に代わり、お詫《わ》び申し上げます。いささかの手違いがありましたようで…」

司令官――宣王が言葉を切った。

その視線の先には、慧に伴《ともな》われた芙蓉が立っている。

兵士の群れから抜け出た陽善が、芙蓉に駆け寄った。けれど、芙蓉は陽善を見ようともせず、まっすぐ宣王に歩み寄ると、彼の顔に唾《つば》を吐きかけた。

「吐蕃の狗《いぬ》め!!」

「黙れ、女狐《めぎつね》」

静かな声で応じ、宣王は芙蓉の頰《ほお》を打った。

ぱしん、と音がして、芙蓉の顔が向きを変える。

「乱暴はやめてください」

翠蘭は丁寧《ていねい》な言い方で宣王をいさめた。

すると、宣王も丁重《ていちょう》な物言いで翠蘭に応《こた》えた。

「公主さまの仰《おお》せに従います」

この一言で、翠蘭は現実に引き戻されたことを知った。偽者《にせもの》の公主として吐蕃に嫁《とつ》ぐという現実。それは、重苦しい嘘《うそ》という衣《ころも》をまとうことに他ならない。

「芙蓉どのは、何か罰《ばつ》を受けるのですか？」

翠蘭は宣王に尋《たず》ねた。

宣王は片眉《かたまゆ》を上げ、芙蓉を睥睨《へいげい》した後、首を振った。

「臣下である私には、王の妃《きさき》を罰することはできません。公主さまがお望みなら…」

「いいえ。罰を受けないなら、いいのです」

「それでは安全な場所にお連れします」

どうぞ、と宣王が、別の兵士の曳《ひ》いてきた馬を翠蘭に示した。

翠蘭は、慧の補助を受けて鞍《くら》に跨《また》がる。

「では、参りましょうか」

サンボータが言った。

翠蘭は黙って顎《あご》をひいた。

サンボータは公主《こうしゅ》を伴《ともな》い、宣王に従って二刻《ふたとき》ほど馬を走らせた。

この地の支配者である諸曷鉢王に拝謁《はいえつ》するためだ。諸曷鉢王もまた、唐の公主に敬意を示すため、本来の宿営地から離れてドニデラ近くに天幕を張っていた。

諸曷鉢王への拝謁《はいえつ》を終え、公主のために用意された天幕に移動するまで、ずっとサンボータは公主が倒れるのではないか、と心配していた。

彼女の疲労の激しさは、くっきりと全身に表れていたからだ。

けれど、彼女は終始《しゅうし》、気丈《きじょう》にふるまった。

「お疲れでしたでしょう、公主さま」

天幕に入り、宣王の退出を待って、サンボータは公主に話しかける。

「明日には、道宗さまと朱瓔《しゅえい》どのをお連れします」

「待ってくれ、サンボータどの」

それでは、と頭を下げたサンボータの袖《そで》を、公主がすばやく摑《つか》んだ。

疲労のあまり青白い顔をした公主は、掠《かす》れた声で尋《たず》ねた。

「…リジムに会ったのか？」

「ええ。お会いしました。お怪我《けが》をなさっていますが、お元気ですよ」

「そうか…」

公主は安堵《あんど》の息をつき、その直後、大きく体を傾《かし》がせた。

サンボータは公主の体を支え、寝台に座らせた。公主は崩《くず》れるように腰を降ろしたが、すぐに視線を上向《うわむ》けて、不思議そうにサンボータの顔を凝視《ぎょうし》する。

「どうしたんだ？　口の端《はし》が切れているぞ」

「リジムさまに殴《なぐ》られました。どうしても自ら公主さまを取り戻しに行く、と駄々《だだ》をこねられましたのでね。五人がかりで押さえ付けましたが、いちばん弱い私が被害を受けました」

「文官《ぶんかん》を殴るなんて…」

公主が、眉間《みけん》に皺《しわ》を刻む。

サンボータは口許《くちもと》に笑いをにじませた。

「まったくです。矢傷を負っておられるのに、あんなに動けるなど、繊細《せんさい》な私には信じられませんよ。けれど、当のリジムさまが私の流血にひるまれて、取り押さえに成功したのですから、それでよしとすべきでしょう」

現在は、とサンボータは続けて報告する。

「宣王の天幕に身を寄せておられます。遠からず出立《しゅったつ》なさいますので、予定どおり河源《かげん》にて公主さまをお迎えできるでしょう」

「…やはり、リジムが吐蕃王なんだな」

「そうです。リジムさまは名乗られませんでしたか？」

この問いに、公主は何度か小さくうなずいた。

疲れ果てた公主の顔からは、うまく表情が読み取れない。

自分の知っていることを彼女に話すべきか否《いな》か、サンボータは少し迷った。

リジムの行動は、どれをとっても一国の王として許されるものではなかったが、サンボータには若き王の恐れが理解できた。

五年前、リジムは重臣の娘と結婚した。

わずか二年で花嫁《はなよめ》は亡くなったが、彼女との生活はリジムに大きな痛手を与えた。もとより家柄《いえがら》のみを重視され、王に命令された結婚である。

しかも、相手は兄とも慕《した》うガルの恋人だった。

華《はな》やかな婚礼の席で、十五歳の花婿《はなむこ》は、ずっと怒ったような顔をしていた。隣に並んだ花嫁は、ひたすらガルを視線で追いかけた。

そうして亡くなるまでの二年間、花嫁は最初の情熱を忘れず、リジムを無視し続けた。

サンボータは、ガルを慕い続けた花嫁に批判的な気持ちは抱けない。

むしろ、眉《まゆ》をひそめて見守ったのは、ガルの動向だった。

当時、二十七歳だったガルは、まだ身分も低く、婚礼の席でも自分の姿を追いかける花嫁の視線を『にこやかに』やり過ごしていた。

その笑みが、サンボータには心からのものに思えた。

彼は、リジムの花嫁となった恋人と別れたがっていたわけではない。逆に、自分に心を寄せる女が、未来の王妃《おうひ》となるべき地位についたことを喜んでいたのだ、とその後の日々を経て、サンボータは気付いた。

もちろん、ガルは決して尻尾《しっぽ》を出さない。

だが、すべてが完璧《かんぺき》な人間もいないのだ。

ガルのもくろみが、サンボータの目には透《す》けて見えた。

吐蕃を大国にして、自分の意のままに動かすこと――。

それが、ガルのもくろみだ。けれども彼は、自らが王位に就《つ》くことを望まない。――いや、望めないと知っていた。

たしかにガルは魅力に溢《あふ》れた人物だ。

しかし、その魅力は、大勢の人間を動かす力にならない。

一人二人ならガルのために命をかけるが、それでは足りない。国を動かすには、惰性《だせい》であっても大勢の力が必要だった。

そして、その力――大勢を動かす力を、いちじるしく政治力に欠けるリジムが備えている。ガルは、リジムを王位に据《す》えたうえで、自分の手の中に捕えておきたかったのだ。

もっともリジムとて愚者《ぐしゃ》ではない。

だからこそ、ガルに宰相《さいしょう》の地位を与えた。彼を地方の小王に戻すと、吐蕃国内に無用の騒乱《そうらん》が起こるのは必至《ひっし》だ。

それでも、ガルを長安においてこいとディ・セルに命じたのは、今回の公主《こうしゅ》の降嫁《こうか》に際し、ガルが何らかの工作をしなかったかを確かめる時間が欲しかったからだろう。

――ガルよりも、皇帝の方が上手《うわて》と見たが…。

サンボータは、まだ目の前の公主を見ながら、言うべきか否《いな》か迷っていた。

「それにしても対処が早かったな」

ふと思い付いた様子で公主が言った。

物思いにふけっていたサンボータは、苦笑しながら口を開いた。

「宣王の兵士を、それとなく配してありましたからね。あの平原は川から離れていますが、公主さまたちはあの地を通られると、朱瓔どのがおっしゃったのですよ。細かな事柄《ことがら》をつき止める占いは大変に難しいそうですね。おかげでリジムさまを捕まえることができました」

しかし、とサンボータは嘆息《たんそく》した。

「助力を求めに行くつもりだったのでしょうが、リジムさまの馬は倒れる寸前でした。あんなふうに馬を駆るなど、吐蕃の男のすることではありません」

その言葉に、公主は小さな笑みをこぼした。

「公主さま?」

「なんでもない。わたしは、リジムが逃げたのだと思ったけれど」

「がっかりなさいましたか?」

「どうして? よかったと思ったよ」

わずかな迷いもなく、公主は断言した。

サンボータを見上げるまなざしもまっすぐだ。

「あのままだとリジムは殺されていた。それは、…いちばん嫌なことだ。あの場所に慧がいたから、リジムは退いたんだろう? サンボータどのと慧は、連携《れんけい》していたんだな?」

「お察しのとおりです。実は、私は最初、慧どのを疑っていました。彼の動きには、間者《かんじゃ》独特の気配があったからです」

まさか、と公主は首を振る。

サンボータは、それ以上、突き詰めた意見を口にしなかった。

「公主さまが川に転落なさったあと、川岸で慧どのと相談しました。諾曷鉢王側の動きを抑えるためには、どうしても深部《しんぶ》に立ち入る人間が必要だったのです。その点、慧どのは適任でした。実際の働きも、期待していた以上でした」

ただ、とサンボータは苦笑した。

「いったん役目を決めてしまうと、そのあとの連絡が取れないのが難でした。諾曷鉢王の側《そく》妾《しょう》も、彼女の雇《やと》った魔術師も、陽善どのと違って公主さまを害するつもりだったようですし…」

「それなら、どうして慧を仲間に入れたんだろう?」

「失礼ながら、公主さまを安心させるためでしょう。吐谷渾の兵士を引き連れた陽善どのに招かれても、公主《こうしゅ》さまは従われなかったのではありませんか?」

「う…ん、そうかもしれない」

「こちらは、慧どのの姿を見て、リジムさまが退いてくださることを期待しました」

その…、と語調を低め、サンボータは咳払《せきばら》いした。

「他の者から聞いた話ですが、隊列の様子を覗《のぞ》き見したリジムさまは、慧どのと公主さまの関係を、いたく気にしておられたそうですから」

サンボータの言葉に、公主は花のような微笑《ほほえ》みを浮かべた。

ただし、内容が耳に入っているかどうかは謎《なぞ》だ。彼女のうるんだ瞳は、半分以上、すでに眠りの国へ旅立っている。

サンボータは吐蕃風の礼を取り、挨拶《あいさつ》を残して天幕から退出した。

後ろから、ぱさりと夜具《やぐ》に倒れ込むような音が聞こえた。


慧は、木の下に腰を降ろし、幹《みき》に背中を預けた。

目の前には、翠蘭の天幕がある。

天幕からは何の物音も聞こえなかった。おそらく翠蘭は一人になると、驚くべき早さで意識を手放したのだろう。

子供の頃から、彼女は眠りにつくのが早かった。

両親を失った慧が寂《さび》しいだろうと、よく同じ夜具で寝てくれたが、先に眠りにつくのは決まって翠蘭だった。しかも手足を振り回して暴れるので、風邪《かぜ》をひかないよう、慧はずいぶん気を配ったものだ。

——吐蕃王も気の毒に…。

そうひとりごちて、慧はにやりと笑う。

さすがに最近の寝相《ねぞう》は知らないが、なぜか笑えた。

こうした『わきまえない』馴々《なれなれ》しさが陽善を誤解させたのだろう。慧も気合いを入れて、公主への愛情を並べ立てたが、彼は三割ばかりの主張で慧を仲間を加えてくれた。

もっとも、芙蓉たちは、慧を公主の情死《じょうし》の相手に仕立てるつもりだったらしい。吐蕃の仕業《しわざ》に見せかけるのに失敗した時、それでも公主を殺す口実《こうじつ》として。

——翠蘭と情死か。筋書《すじが》きは『俺の無理強《じ》い』だろうが、翠蘭を殺すのは難しそうだ。

そう思うと、またしても弛《ゆる》んだ唇から笑いがこぼれた。

翠蘭が川に落ちたあと、慧は居並ぶ男たちを皆殺しにするつもりだった。サンボータが現れて、事情を説明した時も、信じるべきか否《いな》か迷った。

特にサンボータには間者《かんじゃ》の疑いがあった。

慧自身が間者だから分かるのだ。

彼は、頻繁《ひんぱん》に鳥を飛ばしていた。漢人はあまり使わない手口だが、山間《やまあい》に暮らす者は、よく連絡に鳥を使う。

どうせ、ソンツェン・ガムポ王への報告だろうと思ったが、その点についてサンボータは語らず、慧も尋《たず》ねなかった。

しばし互いを睨《にら》み合い、結論を出しただけだ。

それから、慧は隊列に戻り、道宗に大旨《おおむね》を告げると、陽善に接触して仲間に入り込んだ。陽善には最初から目を付けていた。

彼は、出発直前に予定されていた人物と入れ替わっていた。

そうしたことを調べたのは、義父《ぎふ》である敬徳《けいとく》に命令されたからだ。

翠蘭の祖父母の屋敷を出て、敬徳の養子になった慧は、兵士として従軍するうちに内偵者《ないていしゃ》の役目を負わされるようになった。胡人《こじん》は慧の他にもいたが、顔つきが反抗的に見えるせいか、反乱分子に誘われることが多々あったのだ。

本音をいえば、内偵などしたくない。

だが、慧は逐一《ちくいち》を上官に報告した。他人に使われるのが身になじんでいた。

今回の吐蕃行きに際しても、国状を探れと命令を受けている。

もっとも、もはや従う気はなかった。

実のところ、翠蘭の父親と交わした約束だけは本当だった。

慧は求婚の許可を取り付け、戦《いくさ》に出たのだ。けれど、今となっては、本気で女としての翠蘭が欲しかったのかどうか分からない。

あるいは、生きて戻るための口実《こうじつ》を欲《ほっ》していたのかもしれない。

子供の頃から、慧はよく生まれてきた意味を考えた。両親を事故で亡くし、自分も死にたいと願ったこともある。

だが、翠蘭は、どうして生まれてきたかではなく、どうやって生きるかを考えているように感じられた。彼女にとっては、生まれてきた理由を突き詰められない事情があったからだろうが、慧はそんな翠蘭にあこがれを抱いていた。

決して、羨《うらや》ましくはないのだ。

前向きなわりに、翠蘭はいつも下《くだ》らないことで悩んでいる。

しかし、そうした部分を守りたいと慧は願う。

その感情に、男女の別は介在《かいざい》しない気がする。

それでも、一緒《いっしょ》に逃げようと口説《くど》いてみたのは、陽善たちに聞かせるためというより、自分の中で区切りをつけるためだ。

もっとも本気で口説ききれなくて、翠蘭にも見透《みす》かされた。

あの時の状況を浮かべると、さらなる笑いが口許《くちもと》を支配した。

──駆け落ちも楽しそうだったけどな。

静まり返った天幕を眺め、慧は笑みをこぼした。

まだ東の空に黎明《れいめい》は見えないが、寒気を強めた空気は夜明けが近いことを告げていた。


翌日、天幕に駆け付けた朱瓔と道宗を、翠蘭は床の中から迎えた。

体調は悪くなかったが、疲れがひどくて起き上がれなかったのだ。

翠蘭は、これで道宗の小言《こごと》を聞かなくても済むだろう、と不埒《ふらち》なことを考えた。しかし、山羊《やぎ》髭《ひげ》の老将に泣きながら再会の喜びを告げられるに至って、自分の軽率《けいそつ》さを深く反省する羽目になった。

道宗に同行した朱瓔は、対照的に笑ってばかりいた。

彼女の人生には、嬉《うれ》し涙は存在しないらしい。さすがに道宗がいるうちは控えていたが、彼が出て行くと横たわった翠蘭に抱き付き、頬《ほお》に頬をすりつけて歓喜を表した。

「翠蘭さま！」

朱瓔の柔らかな頬を感じつつ、翠蘭は次なる言葉を待った。

けれども、朱瓔は何も言わない。

慌《あわ》てて朱瓔の顔を確かめると、彼女は翠蘭に抱き付いたまま眠っていた。


そうして、二日ほど翠蘭は朱瓔と一緒《いっしょ》に寝て過ごした。

寝ても覚めても、翠蘭を取り巻いているのは現実だったが、変化は常にもたらされた。

宣王に捕らえられた陽善は、長安に送り返された。

その処遇《しょぐう》は気になるが、人足《にんそく》をたぶらかした点で、翠蘭には口出しできない。道宗は、自分の責任についても明記した書類を使者に託《たく》した。

残された宮女《かんにょ》や人足については、吐蕃王の使者が訪れ、婚礼後の帰国を許すと告げた。

その瞬間から、宮女たちは急に職業意識に目覚めたようだった。

彼女たちは、せっせと翠蘭や朱瓔の世話を焼き、語調《おっくう》も軽《かろ》やかに会話に興《きょう》じた。

そんな中で、翠蘭は刻々とリジムに再会するのが億劫になっていった。

最初のうちとは違う心持ちで、たびたび長安に戻りたくなる。

夜中に頬を伝う涙の熱さで目を覚まし、そんな自分に驚かされる。かといって、悩みゆえに食が細ることも、眠りそのものが疎外《そがい》されることもない。

翠蘭はただ、こうした変化に首をかしげるばかりだった。

二日間の療養の後、すっかり小規模になった隊列は、河源に向けて出発した。

道中での翠蘭は、天幕の中で休んでいる間に急激に深まった秋の気配に驚き、見たこともない種類の鳥の姿に喜び、小さな花のにおいを楽しんだ。

とにかくも赤嶺《ドニデラ》の手前で襲撃を受ける前よりは、精神的にも肉体的にも回復しているのは実感された。長安も嫌いではなかったが、吐蕃へ向かう道程の気候や風景は、文句なく翠蘭の好みにあっている。

夕刻の風に頬をくすぐられただけで、仄《ほの》かな幸福感を味わうことができるのだ。

もしリジムと仲睦《なかむつ》まじい夫婦になれなくても、こんな土地で暮らしていけるなら、それなりに心豊かな暮らしが営《いとな》めるような気がした。

赤嶺《ドニデラ》近くの天幕を発《た》ってから十日後に、翠蘭たちは河源にたどり着いた。

サンボータの説明どおりに、河源の周辺は風光明媚《ふうこうめいび》な土地柄《がら》で、美しい風景は翠蘭の耳目《じもく》を存分に楽しませてくれた。

しかし、何よりも目を引いたのは、婚礼の地に用意された大天幕群だった。

中央には数百人も入れそうな巨大な天幕が建てられ、その周辺を数十もの天幕が取り巻いている。天幕の外側を覆《おお》う織物《おりもの》には色鮮やかな糸で獣《けもの》や花が刺繍《ししゅう》され、屋根の軒《のき》に当たる部分には赤い房飾《ふさかざ》りが付けられている。天幕の周りに立てられた旗が、風に煽《あお》られてたてるバタバタという音さえ装飾《そうしょく》のひとつのようだ。

『公主《こうしゅ》』の隊列が天幕に近付くと、到着を待ち兼ねていたように太鼓《たいこ》が打ち鳴らされ、さまざまな楽器が奏でられた。

天幕からは盛装《せいそう》した人々が現れて列を作り、隊列に花を投げかける。

昨夜のうちに隊列に合流していた使者が、王の天幕まで隊列を先導した。

マガトゴン可汗《かかん》と三人の妃《きさき》、それに彼の母でリジムの姉に当たるという国太《こくたい》は、天幕の外で『公主』を待っていた。

吐谷渾王と違い、マガトゴン可汗は満面の笑顔だった。

三人の妃も、国太も、丁寧《ていねい》だが親しげな態度で『公主』に挨拶《あいさつ》した。

「お待ちしておりました、公主さま」

「ようこそ、吐谷渾の土地へ」

「特別な料理をご用意いたしましたわ」

若き吐谷渾王、マガトゴン可汗は妃たちの言葉に苦笑し、近くの天幕を指し示した。

「歓待《かんたい》の宴《うたげ》を催《もよお》すべきですが、公主さまはひどくお疲れのご様子。あちらに天幕を用意しておりますので、しばらくはゆっくりとお疲れを癒《いや》して下さい」

「お元気になられたら、是非《ぜひ》とも長安の話を聞かせてくださいまし」

いちばん年の若い妃がねだり、年長の妃に窘《たしな》められる。

そんな様子をほほえましく眺め、マガトゴン可汗の心遣いに感謝しながら翠蘭は天幕に移動した。

天幕の中は、吐谷渾で借りていた天幕に比べると、素朴《そぼく》な印象の調度で飾られていた。あちらは絹や金糸《きんし》を多用した漢土趣味だったのに対して、こちらの調度はより吐蕃の雰囲気《ふんいき》に近い。それでも、彩《いろど》りの鮮やかな刺繍は見事なものだったし、羊毛の織物も寝台に掛けられた毛皮の質もよかった。

天幕の外では、まだ楽器が鳴っている。

翠蘭は、朱瓔を下ろした慧が退出するのを待って敷布《しきふ》に体を投げ出した。

ふわふわとした敷布は、いつ触れても心地《ここち》いい。

出迎えの人の中にリジムの姿がないのは気掛かりだったが、翠蘭はむしろ彼と会わずに済んでほっとしていた。

「吐蕃王がいらっしゃいませんでしたわね」

翠蘭の心を見透《みす》かしたように朱瓔が指摘する。

「婚礼まで花婿《はなむこ》は花嫁《はなよめ》に会わないしきたりなのでしょうか。はじめてのことなので、吐蕃式の婚礼はよくわかりませんわ」

「でも、今回の婚礼を見ておけば、朱瓔の時の参考になる」

一矢《いっし》報《むく》いようと翠蘭は反論したが、朱瓔には微笑でいなされた。

長旅の疲れもあって眠り込んでいると、マガトゴン可汗の差し向けた女官に起こされた。夕刻の宴席《えんせき》は賑《にぎ》やかに催《もよお》された。

翌日も、その翌日も、中央の天幕では酒と料理がふるまわれ続けた。

「婚礼のための吉日《きちじつ》を待っておりますのよ」

別の天幕で催された女ばかりの宴席で、マガトゴン可汗の妃《きさき》の一人が教えてくれた。

この情報は、豪華な料理よりもありがたかった。

マガトゴン可汗の領地に入ってからは、サンボータもディ・セルも報告に来てくれない。それどころか姿さえ見かけないのだ。

道宗に至っては度を超えた歓待《かんたい》を受けて、辟易《へきえき》した様子だった。

「吉日とは、いつですか？」

吐蕃の言葉で尋《たず》ねた翠蘭に、妃はとろけるような微笑で答えた。

「赤の日ですわ。クンソン・クンツェン王の生年は、赤の年と聞いておりますもの」

しごく当然といった口調の妃に、翠蘭も細かく問い質《ただ》すのがはばかられる。

『赤の日』も『赤の年』も分からず、『クンソン・クンツェン』という吐蕃王の称号は耳になじまなかった。

深夜になって、ようやく宴《うたげ》から解放された翠蘭は、自ら朱瓔を抱えて天幕に戻った。

「婚礼は、酒飲みの楽園だな」

翠蘭がこぼすと、朱瓔は声をたてて笑う。

けれど、すぐに笑いを止めて、天幕の外へ目を向けた。

「どなたかおられますわ」

「道宗どのかな」

立ち上がった翠蘭の腕を、後ろから朱瓔が押さえる。

「道宗さまの気配ではありません」

朱瓔が緊張を帯びた声で応《こた》えた直後、公主《こうしゅ》どの、と聞き覚えのある声が呼びかけてきた。

押し殺した声を耳にした途端、翠蘭の心臓がとくん、と音とたてる。

その表情の変化から来訪者の正体を知った朱瓔が、呆《あき》れた顔でつぶやいた。

「こんな時間に訪ねてみえるなんて…」

「公主どの、いるんだろう?」

「婚礼前の逢瀬《おうせ》など良家《りょうけ》の子女《しじょ》のすることではありませんわ」

急に乳母《うば》のような口調になり、朱瓔が窘《たしな》める。けれど、翠蘭を見つめる瞳は笑みをたたえ、唇はいたずらっぽく弧《こ》を描いている。

「ちょっと話をするだけだ」

翠蘭は、言い訳めいた言葉を残し、天幕の外に出た。

あちこちの天幕から漏《も》れ出してくる宴席《えんせき》の灯が、闇に淡い色を滲《にじ》ませている。

そんな中に、二頭の馬を従えたリジムが立っていた。

彼は、出会った日と同じように髪を編み込んでいた。

「公主《こうしゅ》どの」

満面の笑顔で、リジムが歩み寄ってくる。

彼の姿を目にした途端に翠蘭は、リジムの無事を喜ぶ気持ちと、彼が身分を偽《いつわ》り続けたことに対する怒りが、同時に胸にわくのを感じた。

翠蘭は思わず半歩ひき、固い声音《こわね》で尋ねる。

「こんな時間になんの用だ？」

冷たい言葉に翠蘭自身の胸が痛んだが、リジムは気にした素振りも見せない。

それどころか、にこやかにとんでもない提案をした。

「遠乗りに行こう」

「今は夜中だぞ。だいたい、おまえは怪我《けが》をしているだろう」

翠蘭は上着の上からリジムの肩を撫《な》で、次いで上着の内側に手を差し込み、シャツの上から肩に触れてみた。包帯の厚みで傷の具合が計れるかと思ったのだ。

「公主どの、あまり触るな」

「ああ、すまない。痛むか」

翠蘭が慌《あわ》てて手を放すと、リジムは笑いを含んだ声で応《こた》える。

「そうじゃない。治りかけていて痒《かゆ》いんだ」

「…そんなに早くに治るなんて信じられない」

呆《あき》れる翠蘭の腕をつかみ、リジムが乗馬を促す。

「それよりも遠乗りに行こう。いいものを見せてやる。夜でなければ見られないものだ」

ほら、と翠蘭をせかし、リジムが自らの馬に乗る。

仕方なく翠蘭も、残りの馬に跨《また》がった。

「足許《あしもと》が悪いからゆっくり行こう」

翠蘭には鞍《くら》の前橋を握らせ、リジムが手綱《たづな》をひいて歩き出す。

天幕から離れて真の闇に踏み込む時は緊張したが、それが深夜の乗馬のせいなのか、リジムが一緒《いっしょ》にいるせいか、翠蘭には分からなかった。

かつかつと蹄《ひづめ》の音を重ねれば、宴《うたげ》の喧騒《けんそう》も背後に遠ざかる。

代わりに、闇の中で鳴き交わす鳥の声が、不気味《ぶきみ》なほど大きく聞こえた。

耳を澄ませば草の間では虫も鳴いている。

さやさやと夜風に揺すられた木の葉も耳に心地《ここち》好《よ》い音をたてていた。

馬を進める間、リジムは終始《しゅうし》無言だった。

翠蘭も、ずっと口を閉ざしていた。

どれくらい歩いただろうか。

肩につもる夜の寒気がつらくなり始めたころ、リジムはふいに馬を止めた。

「公主《こうしゅ》どの、しばらく目を閉じていてくれ。鞍《くら》は、しっかりと握ったままで」

咄嗟《とっさ》にいやだ、と答えそうになったが、翠蘭はおとなしく従った。

目を閉じた直後、また馬が歩き出す。

どうやら上り坂にさしかかったようで、馬の背が斜めになった。翠蘭は前橋を摑《つか》む手に力を入れ、体を前傾させて馬の動きに合わせた。

——一《チイ》、二《ニイ》、三《スム》…。

いつしか翠蘭は蹄《ひづめ》の音を数えていた。

かつかつかつ、かつかつかつかつ…。

規則的な音は目眩《めまい》を誘う。

目を開けなければ落馬するのではないか、と考えた時、リジムがふたたび馬を止めた。

予期せぬ衝撃を覚え、許しが出る前に目を開いた翠蘭は、自分が馬ごと星空に浮かんでいることを知った。

足許《あしもと》の闇には無数の星が散らばり、砂金《さきん》のごとき光を放っている。

上天《じようてん》に目を向ければ、そこにも星が瞬《また》いていた。

「これは…」

左右を見回した翠蘭は、樹木の陰に気付いて合点《がてん》した。

足許の星は、暗い水面《みなも》に映った星影なのだ。

それにしてもなんと見事な自然のいたずらか。わずかに高い場所に立っているおかげで、星を映した水面がまんべんなく見渡せ、本当に夜空に浮かんでいるような気分になれた。

「月のある晩には見えない。だから今夜がよかったんだ」

「うん…」

「どうした、公主どの？　星は嫌いか？」

「ううん。すごく綺麗《きれい》だ。でも、朱瓔を連れてくればよかったと…」

しまった、と翠蘭は思った。

こういう場面では、多分それは禁句だ。けれど、偽《いつわ》らざる本音でもある。この珍しくも美しい光景が与える感動を、リジムのみならず朱瓔とも分かち合いたい。

「そうだな。朱瓔にも見せてやればよかった」

機嫌を損《そこ》ねるかと思いきや、リジムも翠蘭に同意し、鞍《くら》から滑り降りた。

「だが、おれは公主《こうしゅ》どのに改まって尋《たず》ねたいことがあるんだ」

リジムが手を伸ばし、翠蘭にも下馬《げば》を求める。

翠蘭は、彼の助けを借りずに馬から降りた。

「何を聞きたい？」

「公主どのの父親のことだ」

「わたしの？」

「そうだ。サンボータが、公主どのは皇帝の娘ではないだろうと言う」

まっすぐな問いかけに、翠蘭は手の中の手綱《たづな》を曲げ伸ばしして、口にすべき言葉を考えた。

「皇帝の娘でなければ、何だと思う？」

「神《ラ》が遣《つか》わした、おれの二人目にして最後の妻だ」

リジムがきっぱりと答え、直後に頬《ほお》を赤く染めた。

「正直に言えば、おれは公主どのの素姓《すじよう》などどうでもいい。今、目の前にいる公主どのが本物なら、それだけで充分なんだ」

「では、なぜ父親のことを尋ねたりする？」

「…公主どのは、存外に生真面目《きまじめ》な性格だと思うから、かな」

「おまえが言っていることの意味が分からない」

「秘密を抱えているのはつらくないか？」

まるで何もかもを見透かしたようなリジムの問いに、翠蘭は思わず視線を落とす。

いろいろとリジムに質《ただ》したいことがあっても、はっきり口に出せないのは、翠蘭こそがより大きな嘘《うそ》をついているからだ。

だから、つい嫌みな口調になってしまう。

「それは、おまえ自身の経験から感じたことか？」

すると、リジムは小さな笑いをこぼした。

「おれが身分を偽《いつわ》ったことを、怒っているんだな」

「あたりまえだ。おまえが吐蕃王だと知っていたら…」

「距離をおいて、礼儀正しく接してくれた、か？」

「…そうだ」

翠蘭は、消え入りそうな声で応じた。

もしもリジムを吐蕃王だと知っていれば、あれほど自由にふるまうことはなかっただろう。そもそも翠蘭の心情も、今とは違ったものになったかもしれない。

「おれは、『吐蕃王』ではない『おれ』を公主どのに知ってほしかったんだ。最初に身分を偽《いつわ》ったのは、身を守るためだが……」

「わたしに殺されるとでも思ったのか？」

リジムの言い分に翠蘭は唖然《あぜん》としたが、彼はいたって真剣だった。

「ああ。あの時は、公主どのを侍女だと思っていたからな。唐が放った刺客《しかく》という可能性も、ないではなかった。とにかく用心しろと皆に言われていたんだ」

「それなのに隊列を盗み見に来たのか。呆《あき》れた男だな」

翠蘭は頭を抱えて息をつく。

けれど、一方でリジムの立場の重さを感じた。

その重圧に耐えるための息抜きならば、若者らしい好奇心も許されるべきだろう。翠蘭の素《す》姓《じょう》を知りたがるのも、もっともだった。

とはいえ——。

「サンボータどのは何故《なぜ》、わたしが公主《こうしゅ》でないなどと言うんだ？」

「一番の理由は、長安をたつ日の朝、皇帝がひどい冗談を言ったからだと聞いた。どんな冗談なのか教えてくれなかったが、遠くへ嫁《とつ》ぐ娘にかける言葉ではなかったそうだ」

その一言に、ふっと翠蘭の気持ちが軽くなった。

世民には共犯者としての自覚が欠けていたのだ。

「サンボータは、おれの父上に命じられて公主どのの出自《しゅつじ》を調べていた。だが、分からなかったと報告するつもりだと言った。もう一度、長安まで別の公主を迎えに行くのは面倒だし、唐の皇帝を怒らせる必要はないだろうと話していた」

「サンボータどのらしい見解だな」

翠蘭は、腹の底から息を吐き出した。

「でも、…答《とが》えるわけにはいかない」

「…家族が咎を受けるからか？」

リジムが低い声でそろりと尋ねた。

翠蘭は、ふと川に落ちた翌朝の出来事を思い出した。あの時、翠蘭はリジムに小刀を求めたが、それは相手への信頼を確かめる行為でもあった。

あるいはリジムが欲しているのも、真実ではなく信頼なのだろうか。

「公主どの？　どうなんだ？」

重ねて問われ、翠蘭はゆっくり顎《あご》を引いた。

それは、肯定と同じ意味合いをもつ、翠蘭にとっては精一杯の譲歩《じょうほ》だった。

そうか、とリジムが微笑《ほほえ》み、そっと指先で翠蘭の頬に触れた。

漆黒《しっこく》の闇の向こうから温かなまなざしが翠蘭に注がれる。

「公主《こうしゅ》どのが何者でもかまわない。三日後の婚礼の席で、おれは公主どのに矢を捧げる。弓矢は、二つで一つの武器だ。大昔から吐蕃人の生活を支えてきた。その片方を捧げるということは、夫として妻に、生涯《しょうがい》の愛情と誠実さを誓《ちか》うという意味だ」

「…うん」

「婚礼にはつきものの儀式だが、おれは自分の意思で公主どのに矢を捧げる」

「リジムの意思で…？」

「そうだ。もし、矢を受け取るという行為が、公主どのの意思でないなら、ここでおれに教えて欲しい。皇帝の命令だからと言うなら、おれは二度と公主どのに触れない。漢土《かんど》には戻してはやれないが、ツァシューに建てた城をやる。そこで、公主どのの望む暮らしをすればいい」

「わたしの望む暮らし…？」

でも、と翠蘭は反駁《はんばく》する。

「まず吐蕃での暮らし方を教えてくれる者が必要だ。吐蕃の冬は寒いのだろう？　それに、吐蕃の礼儀《れいぎ》作法《さほう》も知らない」

「使用人や教師なら用意する」

「おまえは、もう教えてくれないのか？」

「…友人として、という意味でなら無理だ。近くにいれば、おれは公主どのに触れたくなる。だが、亡くなった妻に与えた苦痛を、公主どのにまで強《し》いるつもりはない」

「それは、子供を産まなくてもいいという意味か？」

翠蘭は、ごく当たり前のことを尋ねたつもりだったが、リジムは一瞬、言葉に詰まった。

「…子供は気にしなくていい。世継ぎなら、もういるから…」

「では、吐蕃へ行けば、おまえの子供に会えるな」

「公主どのは、子供が好きか？」

「好きだよ」

会話の大筋を見失わないよう、自分に言い聞かせながら翠蘭はうなずいた。

そもそも翠蘭が結婚を諦《あきら》めた理由は、終生、子供がもてないだろうという見解にある。玄武門で殺された元吉《げんきつ》の子供のうち、男児は皆、早々に斬首《ざんしゅ》されたのだ。女児は殺されなかったが、おおかたが身分を剝奪《はくだつ》され、結婚を望めない立場に追い込まれた。

仮に、翠蘭が結婚して男児を産んだら――。

翠蘭の父の淑鵬は困った状況に追い込まれただろう。

世民や取り巻きは、理由をつけて翠蘭の子供を取り上げたに違いない。

無残に殺される赤子のことを想像するだけで、まだ幼かった翠蘭は結婚に対する希望を失った。そこから独身生活の準備を始めたわけだが、そのために身に着けた剣技や馬術の腕前から世民に目をつけられたのは皮肉なことだ。

いや、世民にとって実際は、どうでもいいことだったのかもしれない。

淑鵬との間に波風をたてず、翠蘭を長安から追い払うことができれば――。

「よく分からないんだけど、リジムは、わたしが好きなんだな」

翠蘭は正直に言った。

「何度も、そう言っているだろう!!」

さすがに気分を害したらしく、リジムが語気を荒らげる。

しかし、翠蘭がひるんだ様子を見せれば、たちまち態度を改めた。

「出会ってからの日数が短いし、吐谷渾の兵士に襲われた時、公主どのをおいて逃げたから、信じられないと思われても仕方ないが…」

「ううん。あれはいいんだ。正しい選択だったと思う」

翠蘭は心から答えた。

むしろ不思議なのは、リジムが翠蘭を好きだと断じる根拠だ。

そして、その疑念は、翠蘭自身にも向けられている。

「リジムが無事でいてくれて嬉《うれ》しいよ。これは、他の人に対する気持ちとは少し違うから、多分わたしもリジムが好きなんだろう」

「…多分?」

「そう。これまでそういう気分になったことがないから、はっきり分からない。リジムには、ずいぶんと迷惑をかけたからな」

「なるほど。単なる感謝かもしれないと言うわけだ」

だが、とリジムは笑いをこぼす。

「その点は心配いらないと思うぞ。公主どのの感謝は、そんな誤解を起こさせるほどのものじゃない。あの夜の求愛は、きっぱり拒否されたからな」

「あれは…」

反論しかけた翠蘭の腕をつかみ、リジムが胸に引き寄せる。

「『あれは吐蕃王に対する義理立て』か？」

「そうだよ。だけど、ここで同じことをしたら怒るからな!!」

「もう怒ってるじゃないか」

リジムは声をたてて笑い、翠蘭の体を抱え上げてくるくると振り回した。

突然のことに驚いて首にしがみついた翠蘭に、リジムがささやく。

「ややこしいことを言うのはやめだ。おれが余計な気を回さなくても、嫌となれば公主どのは勝手に出て行きそうだ。それまでは一緒にツァシューの城でくらそう」

うん、と翠蘭は小さな声で答えた。

天地をつなぐ満天の星が、その声を彩《いろど》るように瞬いた。

あとがき

こんにちは。

あるいは、はじめまして。

今回は古代チベット（周辺）のお話です。

唐の二代皇帝、太宗《たいそう》の養女が、古代のチベットに栄えた吐蕃《とばん》王国に嫁入《よめい》りしたというのは史実でして、わたしも大学生の頃、チベット関係の講義で習いました。

他人の顔と名前を覚えるのが大の苦手というU教授が、文成《ぶんせい》公主に対して妙に同情的な感想を述べておられたのが印象深く、また『未知の王国に嫁ぐ皇帝の娘』というシチュエーションが、心に深く焼き付けられたのです。

でも、あんまり深い場所に焼き付けられたので、上に他のものが積もってしまい、今回、チベット関係の資料をあたるまで思い出しませんでした。（というか、久々にチベット史など紐《ひも》解《と》き、あまりにすべてを忘れ去っている自分に愕然《がくぜん》としたことでありますよ）

チベット語とかも習ったんですけどね。

もう、さっぱり覚えていない自分が悲しい…。

学生の頃に使っていたチベット語の辞書など開き、書き込みを見て、「おお、わたしの字じゃん」と関係なくも当たり前のことに感動してみたりして……。

懐かしさと情けなさを満喫《まんきつ》する日々を過ごした次第でございます。

さてさて、情けなさの延長で二つばかりお詫《わ》びしなければなりません。作中では吐蕃の王を『吐蕃王』と呼ばせていますが、漢語で吐蕃の王を指す時は『賛普《ツァンポ》』という言葉を使います。これは、吐蕃語のツァンポ（王）の音写なのだそうで、吐蕃側に残された資料には太宗のことをセンゲ・ツァンポ（獅子《しし》王《おう》）と称したものがあるとか。

「東洋の獅子王か。かっこいいな」と思う反面、「昔の人は獅子が好きよな。東洋にはおらんじゃろうに、何でそんな好きなん?」と不思議に思ったりもしましたが、とにかく今回は『吐蕃王』という日本語的表現で統一しております。

ちなみに吐《と》谷渾《よくこん》の王の『可《か》汗《かん》』という呼称は、そのまま使いました。

それから、もう一つのお詫びポイントは、ギャカル＝インドという表現です。たしかにチベット語でインドは『ギャカル』と称されるのですが、とうぜん当時の地理にインドという国はありません。あの界わいでも二つの大国が台頭して、勢力争いをしている頃ですね。

でも、…でも！　すみません。当時のインドが、チベットで何と呼ばれていたか、は分かりませんでした。そんな理由で、それっぽくお茶を濁《にご》してしまったのです。

トンミ・サンボータなる人物が、吐蕃の王の命令でインドに赴《おもむ》き、チベット文字を整えたという話も史実のようで、彼はチベット第四の賢人として今も人々の尊敬を集めているそうです。サンボータの像が手にした書物を触ると頭がよくなるという話もあるとか。

チベットに行って、サンボータの像に触ってみたいですね。

大学での講義の内容を忘れても、昔からチベットは一度は訪れてみたい憧《あこが》れの国でもあります。わたしが頭痛持ちじゃなくて、高山病の恐怖さえなければ、とっくに飛んでいるところですが、どうにも決断しきれません。挑戦前から無念な感じです。

いいえ、でも、いつかと夢見ています。


それでは、そろそろ失礼します。

文末ながら、いつもと少しばかり様相の違う物語に付き合ってくださった読者さまと、お忙しい中、イラストを引き受けてくださった増田恵先生、素面《しらふ》なのに電話でクダを巻くわたしを励ましてくださった担当のO女史に心より御礼申し上げます。

これから暑くなりますが、皆さま、お体には十分に気をつけてくださいませ。

毛利志生子

主要参考文献

『吐蕃王国成立史研究』　山口瑞鳳　岩波書店
『古代チベット史研究』　佐藤長　同朋社
『チベット文化史』　D・スネルグローヴ／H・リチャードソン／(訳) 奥山直司　春秋社
『中国服装史』　華梅／(訳) 施潔民　白帝社
『大唐帝国の女性たち』　高世瑜／(訳) 小林一美／任明　岩波書店
『チベット語辞典』　ケルサン・タウワ　カワチェン
『チベット・全チベット文化圏完全ガイド』　旅行人ノート

この作品のご感想をお寄せください。

毛利志生子先生へのお手紙のあて先

〒101－8050　東京都千代田区一ツ橋2－5－10
集英社コバルト編集部　気付
毛利志生子先生

もうり・しうこ

11月7日生まれ。蠍座、O型。広島県在住。龍谷大学文学部卒業後、生花の専門学校、トリマー専門学校を卒業。『カナリア・ファイル～金蚕蠱～』で'97年度ロマン大賞を受賞。コバルト文庫に『深き水の眠り』シリーズ、『外法師』シリーズ、『風の王国』シリーズ、『遺産』がある。猫四匹、犬三匹と同居中だが、彼らの健康状態や嗜好、態度に一喜一憂させられる日々を過ごしている。完全に手玉にとられ、もしや自分の方が飼われているのでは、と不安にかられることもしばしば。

風の王国

COBALT-SERIES

2004年6月10日　第1刷発行
2005年5月15日　第7刷発行

★定価はカバーに表示してあります

著者　毛利志生子
発行者　谷山尚義
発行所　株式会社　集英社
〒101－8050
東京都千代田区一ツ橋2－5－10
電話　東京　(3230) 6268（編集）
(3230) 6393（販売）
(3230) 6080（制作）

印刷所　大日本印刷株式会社

ISBN4-08-600435-6 C0193